Grazia Deledda:
Die Maske des Priesters
Roman

Deutsch von E. Berling
Überarbeitet von Christine Mrowietz
und Susanne Eversmann
Mit einer Zeittafel und einem Nachwort
von Ute Stempel

Deutscher
Taschenbuch
Verlag

dtv

Von Grazia Deledda
ist im Deutschen Taschenbuch Verlag erschienen:
Marianna Sirca (11519)

Ungekürzte Ausgabe
Dezember 1992
2. Auflage März 1993
Deutscher Taschenbuch Verlag GmbH & Co. KG,
München

Titel der italienischen Originalausgabe:
›Elias Portolu‹ (Erstveröffentlichung 1900)

Umschlagtypographie: Celestino Piatti
Umschlaggestaltung unter Verwendung eines Gemäldes
von John Singer Sargent
Satz: Filmsatz Schröter GmbH, München
Druck und Bindung: C. H. Beck'sche Buchdruckerei,
Nördlingen
Printed in Germany · ISBN 3-423-11617-x

Das Buch

»Was brauche ich an Frauen zu denken, und nun gar an die Frau, die ich nicht einmal ansehen darf? Kann man nicht ohne sie leben?« Ausgerechnet in die Braut seines Bruders verliebt sich Elias Portolu, als er nach Verbüßung einer Gefängnisstrafe in seine sardische Heimat zurückkehrt. Um nicht erneut in Konflikt mit Gesetz und Ehre zu geraten, kämpft er verzweifelt gegen seine Liebe an ... Mit der Entscheidung, Priester zu werden, flieht er vor sich selbst, seiner Verantwortung, seiner Schuld. Doch gerade unter der Maske, die ihn vor der Todsünde retten soll, wird er im eigentlichen Sinne schuldig: an Maddalena, die er in eine unglückliche Ehe treibt, an ihrem gemeinsamen Kind und nicht zuletzt an sich selbst und seinen wahren Gefühlen. Der Leser von heute, meint Wolfgang Leppmann in der ›Frankfurter Allgemeinen Zeitung‹, »schätzt den Roman wegen der atmosphärischen Dichte der Sprache. Mit wenigen, aber meisterhaften Strichen umreißt die damals knapp dreißigjährige Deledda die ländlich-patriarchalische Welt, in der sie aufgewachsen ist.«

Die Autorin

Grazia Deledda wurde am 27. September 1871 in Nuoro/Sardinien geboren. Gegen den Widerstand ihres Elternhauses schrieb sie bereits als junges Mädchen ihre ersten Romane, deren Veröffentlichung als Skandal aufgenommen wurde. 1899 floh Grazia Deledda aus der Enge ihrer Geburtsstadt in die Inselhauptstadt Cagliari. 1900 heiratete sie und zog nach Rom. 1926 erhielt sie den Nobelpreis für Literatur. Sie starb am 15. August 1936 in Rom.

Erstes Kapitel

Die Familie Portolu in Nuoro hatte frohe Tage vor sich. Ende April erwartete sie ihren Sohn Elias zurück, der auf dem Festland eine Gefängnisstrafe abbüßte, und darauf sollte Pietro, der älteste von den drei Söhnen der Portolus, heiraten.

Man traf Vorbereitungen wie zu einem Freudenfest. Das Haus war frisch getüncht, der Wein fertig, das Brot gebacken*; es war, als kehrte Elias vom Studium zurück. Jetzt, wo das Unglück vorüber war, erwarteten ihn die Eltern geradezu mit Stolz.

Endlich war der Tag da, langersehnt, besonders von Zia Annedda, der Mutter, einer stillen, blassen, ein wenig schwerhörigen kleinen Frau, die von ihren Söhnen am meisten Elias liebte. Pietro, der Bauer, Mattia und Zio** Berte, der Vater, beide Schafhirten, kehrten vom Land heim.

Die beiden jungen Männer ähnelten sich. Beide waren untersetzt, kräftig und bärtig, hatten braungebrannte Gesichter und lange schwarze Haare. Auch Zio Berte Portolu, der alte Fuchs, wie man ihn nannte, war von gedrungener Gestalt. Seine schwarzen, zottigen Haare hingen ihm bis auf die roten, kranken Augen herunter und vermischten sich über den Ohren mit dem schwarzen Bart, der nicht weniger verfilzt war. Er trug einen ziemlich schmut-

* In vielen sardischen Dörfern bäckt man ein besonderes Brot *(carta di musica)*, das viele Wochen frisch bleibt. (Anm. der Autorin)

** In Sardinien redet man jeden in etwas vorgerücktem Alter mit Zio und Zia an, das heißt Onkel und Tante.

zigen Anzug mit einer ärmellosen langen Überjacke von schwarzem Schaffell, die Wolle nach innen gekehrt; und aus dem ganzen schwarzen Haarkleid sah man nur zwei riesengroße rotbraune Hände hervorragen sowie im Gesicht eine ebenso rotbraune Nase.

Zur Feier des Tages jedoch wusch Portolu sich Hände und Gesicht, ließ sich von Zia Annedda ein wenig Olivenöl geben und rieb es sich gründlich ins Haar, dann kämmte er sich mit einem Holzkamm und jammerte ab und zu über den Schmerz, den diese Aktion ihm verursachte.

»Der Teufel mag euch kämmen!« sagte er zu seinen Haaren, während er den Kopf hin und her wandte. »Nicht mal die Schafwolle ist so zottig wie ihr!«

Endlich war das Haar entwirrt, und nun flocht er einen kleinen Zopf über der rechten, einen anderen über der linken Schläfe, einen dritten unter dem rechten und einen vierten unter dem linken Ohr. Dann ölte und kämmte er den Bart.

»So, und jetzt noch zwei Zöpfchen!« sagte Pietro lachend.

»Sehe ich nicht wie ein Bräutigam aus?« rief Zio Portolu und lachte ebenfalls. Er hatte ein eigentümliches, gezwungenes Lachen, bei dem sich kein Barthaar rührte.

Zia Annedda murmelte etwas, denn ihr gefiel es nicht, wenn ihre Söhne dem Vater nicht die nötige Ehrfurcht zeigten; er dagegen sah sie vorwurfsvoll an und meinte: »Was brummst du da? Laß doch die Jungen lachen. Jetzt ist ihre Zeit, lustig zu sein, wir haben die unsere schon hinter uns.«

Und nun nahte die Stunde, da Elias ankommen sollte. Einige Verwandte trafen ein, auch ein Bruder von Pietros Braut, und alle machten sich auf den Weg, um Elias abzuholen. Zia Annedda blieb mit der Katze und den Hühnern allein zu Hause.

Das Häuschen mit seinem kleinen Innenhof lag an einem steilen Fußpfad, der zur Landstraße führte. Hinter der heckenbewachsenen Mauer längs des Pfades lagen Gärten, von denen aus man auf das Tal blickte. Es war ganz wie auf dem Lande: Ein Baum breitete seine Zweige über die Hecke und gab dem Fußweg ein malerisches Aussehen. Der Granit des Orthobene und die himmelblauen Berge von Oliena beschlossen den Horizont.

In diesem Winkel voll reiner Luft war Zia Annedda geboren und alt geworden; vielleicht war sie darum so schlicht und rein wie ein Kind von sieben Jahren geblieben. Auch in der Nachbarschaft wohnten nur ehrbare Leute, Mädchen, die die Kirche besuchten, Familien von schlichter Lebensart.

Zia Annedda trat ab und zu an das offene Tor, blickte hierhin und dorthin und ging dann wieder hinein. Auch die Nachbarinnen warteten auf die Rückkehr des Gefangenen; sie standen an der Tür oder saßen auf den unbehauenen Steinbänken vor der Hausmauer. Zia Anneddas Katze schaute geruhsam aus dem Fenster.

Da hörte man in der Ferne Stimmen und Schritte. Eine Nachbarin kam eilig über den Fußweg gelaufen und steckte den Kopf zur Tür hinein.

»Da sind sie!« rief sie.

Die kleine Frau ging hinaus, zitternd und noch bleicher als gewöhnlich. Und schon stürmte eine Gruppe von Dorfbewohnern auf den Pfad, und Elias, der sehr bewegt war, lief zur Mutter, beugte sich über sie und umarmte sie.

»Unter hundert Jahren nicht wieder, unter hundert Jahren nicht wieder...«, murmelte Zia Annedda weinend.

Elias war groß und schlank, das Gesicht sehr weiß, zart und glattrasiert; er hatte kurzgeschorenes schwarzes Haar und blaugrüne Augen. Die lange Gefangenschaft hatte ihm Hände und Gesicht gebleicht.

Alle Nachbarinnen umringten ihn, stießen die anderen Dorfbewohner beiseite, drückten ihm die Hand und beglückwünschten ihn: »Unter hundert Jahren nicht wieder solch ein Unglück!«

»Gott gebe es!« erwiderte er.

Dann traten sie ins Haus. Die Katze hatte sich beim Nahen der Bauern vom Fenster auf die äußere Treppe geflüchtet, nun sprang sie erschreckt hinunter, lief hin und her und suchte sich ein Versteck.

»Miez, Miez«, schrie Zio Portolu, »was zum Teufel hast du denn? Hast du noch nie Christenmenschen gesehen? Sind wir denn Mörder, daß sogar die Katzen vor uns ausreißen? Wir sind achtbare Leute, Ehrenmänner sind wir!«

Der alte Fuchs hatte große Lust, zu schreien und draufloszureden, und sprach zusammenhangloses Zeug.

Als alle in der Küche saßen und Zia Annedda einschenkte, belegte ihr Mann Jacu Farre mit Beschlag, einen seiner Verwandten, einen stattlichen Mann, wohlbeleibt, rotgesichtig und kurzatmig.

»Siehst du«, rief er, zog ihn am Jackenzipfel und zeigte auf seine Söhne, »siehst du meine Söhne da? Drei Tauben! Stark, gesund und schön! Siehst du sie dort in der Reihe stehen? Siehst du sie? Jetzt, wo Elias zurück ist, jetzt sind wir vier Löwen, denen keine Fliege zu nahe kommen soll! Ich bin auch stark, weißt du! Was schaust du mich an, Jacu Farre? Ich pfeif' auf dich, hörst du! Mein Sohn Mattia ist meine rechte Hand, jetzt wird Elias meine linke sein. Und Pietro, mein kleiner Pietro, siehst du ihn nicht? Das ist mein Stolz! Zehn Viertel Gerste hat er gesät, acht Viertel Weizen und zwei Viertel Bohnen! Ja, wenn der heiraten will, der kann wohl eine Frau ernähren! Bei dem wird die Ernte nicht ausbleiben. Mein ganzer Stolz, mein kleiner Pietro! Ach, meine Söhne! So wie meine Söhne gibt es keine mehr in Nuoro!«

»Na, na«, sagte der andere beinahe stöhnend.

»Na, na! Was willst du sagen mit deinem ›Na, na‹, Jacu Fà? Lüge ich vielleicht? Zeig mir mal drei Burschen wie meine Söhne, rechtschaffen, fleißig und kräftig. Männer sind's, Männer!«

»Wer sagt denn, daß sie Weiber sind?«

»Weiber, Weiber! Du bist vielleicht eins, du Dickwanst«, rief Zio Portolu und drückte mit seinen großen Händen auf den Bauch des Vetters, »du, nicht meine Söhne! Siehst du sie nicht?« fuhr er fort und wandte sich voller Bewunderung gegen seine Söhne. »Bist du denn blind? Drei Tauben ...«

Zia Annedda kam heran, in der einen Hand ein Glas, in der anderen die Flasche. Sie schenkte das Glas voll, reichte es Farre, und der gab es höflich Zio Portolu. Und Zio Portolu trank.

»Trinken wir!« rief er. »Auf aller Wohl! Und du, meine Alte, kleines Frauchen, du brauchst dich vor nichts mehr zu fürchten. Wie die Löwen werden wir sein. Keine Fliege wird uns zu nahe kommen.«

»Geh, geh!« antwortete sie.

Sie schenkte dem Farre ein und ging weiter. Zio Portolu folgte ihr mit den Augen, deutete mit einem Finger auf sein rechtes Ohr und sagte: »Hier... fehlt's ein wenig. Nun, sie hört nicht gut, aber sie ist eine Frau! Eine gute Frau! Sie tut ihre Pflicht, meine Frau, und ob sie ihre Pflicht tut! Und gewissenhaft ist sie! Wie sie ...«

»Gibt's keine zweite in Nuoro, was?«

»Scheint so«, schrie Zio Portolu. »Hast du vielleicht schon gehört, daß sie klatschen würde? Man braucht nicht zu fürchten, daß es Pietros junger Frau schlecht bei uns gehen wird.«

Und nun fing er an, auch das Mädchen zu loben: »Sie ist eine Rose, ein Juwel! Sie näht und spinnt, sie wird eine gute Hausfrau werden. Anständig ist sie, hübsch, gut und wohlhabend.«

»Nun also«, sagte Farre ironisch, »so wie sie gibt's keine zweite in Nuoro.«

Unterdessen sprach die Gruppe der jungen Burschen lebhaft mit Elias, sie tranken, lachten, spuckten. Am meisten lachte er, der Heimkehrer, aber sein Lachen klang müde und gebrochen, die Stimme matt. Gesicht und Hände unterschieden sich auffallend von den braunen Gesichtern und Händen der anderen, er sah aus wie eine Frau in Männerkleidern. Auch seine Sprache hatte etwas Eigentümliches, Fremdartiges angenommen; er sprach ein wenig geziert, halb italienisch, halb im Dialekt, vermischt mit Flüchen vom Festland.

»Hörst du, wie dein Vater euch rühmt?« fragte der zukünftige Schwager Pietros. »Er sagte, ihr seid Tauben, und wirklich, Elias Portolu, du bist weiß wie eine Taube.«

»Wirst bald wieder schwarz sein«, sagte Mattia. »Schon morgen wandern wir zur Schafherde, was, Bruder?«

»Ob weiß oder schwarz, darauf kommt's nicht an«, sagte Pietro. »Laßt jetzt diese Dummheiten, laßt ihn lieber weitererzählen.«

»Wie gesagt«, begann Elias wieder mit müder Stimme, »der große Herr, mein Zellengenosse, war der Anführer der Diebe jener großen Stadt – na, wie heißt sie doch gleich, ich besinne mich nicht mehr. Er war immer bei mir, vertraute mir alles an. Das waren wirkliche Diebstähle, was zählen schon unsere dagegen? Wir zum Beispiel, wenn wir irgend etwas brauchen, stehlen einen Ochsen und verkaufen ihn. Dann schnappen sie uns und urteilen uns ab, und der Ochse langt nicht mal, den Advokaten zu bezahlen. Aber die da, die großen Diebe, ja, das ist was ganz anderes. Die stehlen Millionen, verstecken sie, und wenn sie dann aus dem Gefängnis entlassen werden, sind sie reich, fahren in Kutschen und amüsieren sich. Was sind wir sardischen Esel denn ihnen gegenüber?«

Aufmerksam und voller Bewunderung für die großen Diebe jenseits des Meeres hörten die jungen Leute zu.

»Ein Bischof war auch unter uns«, fuhr Elias fort. »Der war vielleicht reich, auf seinem Sparbuch hatte er viele tausend Lire!«

»Was, auch ein Bischof!« rief Mattia verwundert aus.

Pietro betrachtete ihn lachend und tat unbeeindruckt, obwohl er sich selbst wunderte.

»Nun ja, ein Bischof! Sind die Bischöfe nicht auch Menschen wie alle andern? Das Gefängnis ist für alle Menschen da.«

»Warum war er denn dort?«

»Nun ... anscheinend meinte er, man solle den König fortjagen und den Papst an des Königs Stelle setzen. Einige sagten aber auch, er sitze wegen Geldangelegenheiten im Kerker. Er war ein großer Mann mit schneeweißen Haaren und las den ganzen Tag. Einmal lag auch einer im Sterben. Der vermachte den Gefangenen alles Geld, das er auf dem Sparbuch hatte. Mir wollten sie auch fünf Lire geben, ich habe sie aber zurückgewiesen. Ein Sarde nimmt keine Almosen.«

»Dummkopf! Ich hätte sie genommen!« rief Mattia.

»Ich hätte mir einen feierlichen Rausch auf das Wohl des Toten angetrunken.«

»Das ist verboten«, erwiderte Elias. Er schwieg einen Augenblick, in unbestimmte Erinnerungen versunken, dann rief er aus: »Jesus! Jesus! Wieviel Leute dort waren, Menschen jeden Schlags! In meiner Zelle war noch ein anderer Sarde, ein Marschall. Sie haben ihn in Cagliari aufs Schiff gebracht, in derselben Nacht, als sie mich ergriffen; er glaubte, sie würden ihn freilassen, aber sie nahmen ihn einfach mit, so daß er es nicht einmal merkte.«

»Oho, der wird's doch wohl gemerkt haben!«

»Das glaube ich auch.«

»Er rühmte sich immer, daß man ihn bald begnadigen werde, weil er mit dem Minister verwandt sei und mit irgendeinem Herrn bei Hofe, und nun habe ich ihn dort unten zurückgelassen. Keiner schrieb ihm, keiner schickte ihm auch nur einen Centesimo. Und wenn man da unten kein Geld hat, stirbt man einfach vor Hunger, Gott steh mir bei! Und die Gefängniswärter!« Dabei schnitt er eine Grimasse. »Das sind wahre Folterknechte! Fast alle sind Neapolitaner, Kanaillen! Wenn jemand im Sterben liegt, spucken sie ihn noch an. Aber als ich fortging, sagte ich zu einem von ihnen: ›Komm du einmal in unsere Gegend, du Schuft, da rücke ich dir den Kopf schon noch zurecht!‹«

»Ja«, sagte Mattia, »wage dich nur in die Nähe unserer Herde – dann gerben wir dir aber das Fell!«

»Ha, der wird niemals herkommen!«

»Wer wird nicht herkommen?« fragte Zio Portolu, der sich zu ihnen gesellte.

»Ein Wächter, der Elias angespuckt hat«, sagte Mattia.

»Zum Teufel noch mal, er hat mich nicht angespuckt. Was schwatzt du da?«

Alle lachten. Dazwischen schrie Vater Portolu: »Das

hätte Elias sich auch nicht gefallen lassen. Die Zähne hätte er ihm eingeschlagen! Elias ist ein Mann, wir sind alle Männer, keine Quarkpuppen wie die auf dem Festland, wenn sie auch Wächter über die Menschen sind.«

»Ach was, Wächter«, sagte Elias, die Achseln zuckend. »Die Wächter sind Kanaillen, aber es gibt dort auch Herren, ja, wenn ihr die gesehen hättet! Vornehme Herren, die in Kutschen fahren, die viele tausend Lire auf dem Sparbuch haben, wenn sie in den Kerker kommen.«

Zio Portolu wurde ärgerlich, spuckte aus und sagte: »Was sind denn diese vornehmen Herren? Quarkpuppen! Laß sie doch einmal die Schlinge um ein wildes Füllen werfen, einen Stier packen oder eine Flinte abfeuern! Sie würden vor Schrecken sterben. Was sind denn diese Herren? Meine Schafe sind ja mutiger, Gott steh mir bei!«

»Und doch...«, beharrte Elias, »wenn Ihr sie einmal sehen könntet, Vater...«

»Was hast du denn schon gesehen?« gab Zio Portolu verächtlich zurück. »Gar nichts hast du gesehen. In deinem Alter hatte ich auch noch nichts gesehen – aber danach um so mehr! Ich weiß wohl, was diese Herren sind, die vom Festland und die Sarden. Und du bist ein Küken, das eben aus dem Ei gekrochen ist...«

»Natürlich, ich bin ein Küken!« murmelte Elias bitter lächelnd.

»Eher doch ein Hahn!« sagte Mattia.

Und Farre fügte verschmitzt hinzu: »Nein, ein Vögelchen...«

»... das aus dem Käfig entflogen ist!« riefen die anderen lachend.

Die Unterhaltung wurde nun allgemein. Elias fuhr fort zu erzählen, mehr oder weniger genau den Ort zu schildern und die Personen, die er dort zurückgelassen hatte;

die anderen kommentierten das Erzählte und lachten. Auch Zia Annedda lauschte mit einem sanften Lächeln auf dem stillen Gesicht; sie konnte nicht alles verstehen, aber Farre, der neben ihr saß, neigte sich zu ihr und wiederholte ihr Elias' Berichte mit lauter Stimme.

Unterdessen kamen noch mehr Leute, Freunde, Nachbarn, Verwandte. Die Neuankömmlinge gingen zu Elias, viele küßten ihn, und alle beglückwünschten ihn: »Na, unter hundert Jahren nicht wieder!«

»Gott gebe es!« erwiderte er und zog sich die Mütze tief ins Gesicht.

Und Zia Annedda schenkte ein. Die Küche war bald voller Menschen; Zio Portolu schrie unaufhörlich und erzählte, daß seine Söhne drei Tauben seien. Gern hätte er sie alle länger zurückgehalten, aber Pietro brannte darauf, Elias seine Braut zu zeigen, und trieb zum Fortgehen.

»Gehen wir doch an die frische Luft«, sagte er. »Dieser arme Teufel ist so lange eingesperrt gewesen, warum wollt ihr ihn nun noch den ganzen Abend hier festhalten?«

»Er wird noch genug Luft zu riechen bekommen«, meinte ein Vetter, »sein Mädchengesicht wird noch dunkel wie Schießpulver werden.«

»Das will ich glauben!« rief Elias und fuhr sich mit den Händen über das Gesicht, beschämt über seine Blässe.

Endlich gelang es Pietro, sich durchzusetzen. Sie wollten gerade fortgehen, als die zukünftige Schwiegermutter erschien, eine Witwe, mager, groß und steif, das erdfarbene Gesicht von einem schwarzen Tuch umhüllt. Ihre beiden jüngsten Kinder begleiteten sie, ein Mädchen und ein junger, ziemlich aufgeblasener Bursche.

»Mein Sohn!« rief die Witwe feierlich und stürzte mit offenen Armen auf Elias zu. »Der Herr schicke dir unter hundert Jahren nicht wieder solch Unglück!«

»Gott gebe es!«

Zia Annedda lief eilfertig hinter der Witwe her; sie wollte sie begrüßen, aber Zio Portolu bemächtigte sich der Frau, nahm ihre Hände und schüttelte sie heftig.

»Siehst du ihn?« schrie er ihr ins Gesicht. »Siehst du ihn, Arrita Scada? Die Taube ist ins Nest zurückgekehrt. Wer kann uns jetzt etwas anhaben? Wer? Sag du, Arrita Scada!«

Sie konnte es ihm nicht sagen.

»Laß ihn schwatzen«, rief Pietro der Witwe zu, »er ist heute so vergnügt.«

»Er kann ja auch vergnügt sein!«

»Natürlich bin ich vergnügt. Was schwatzt du da? Sollte ich nicht vergnügt sein? Siehst du nicht mein Täubchen da? Es ist ins Nest zurückgekehrt. Mein Elias ist jetzt weiß wie eine Lilie. Und schöne Geschichten kann er erzählen. Arrita Scada, hast du es gehört? Wir sind eine Familie, ein Haus von Männern, und sag's nur deiner Tochter, sie wird einen Prachtkerl bekommen, keinen Lumpen.«

»Ja, ich glaub's schon.«

»So, du glaubst es? Oder glaubst du etwa, daß deine Tochter bei uns die Magd spielen soll? Wie eine Dame wird sie leben, Brot wird sie haben, Wein, Korn, Gerste, Bohnen, Öl, alle guten Gaben Gottes. Schau da die Tür«, schrie er dann und drehte Arrita zu einer kleinen Tür im Hintergrund der Küche, »siehst du sie? Ja? Na gut, weißt du, was hinter jener Tür steckt? Hundert Scudi stecken dort – im Käse. Und andere gute Sachen mehr.«

»Hört auf, hört doch endlich auf«, sagte Pietro ein wenig beschämt, »sie weiß ja nicht, was sie damit soll.«

»Übrigens«, bemerkte Elias, »Maria Maddalena Scada wird Pietro nicht unseres Käses wegen heiraten.«

»Mein Herzenssohn, in dieser Welt ist alles gut!« verkündete Zia Arrita und setzte sich zwischen ihre beiden Kinder. Der Sohn sprach kein Wort, grinste aber höhnisch.

»Gehen wir, gehen wir doch, hört nun endlich auf«, wiederholte Pietro.

Zia Annedda, die sah, daß niemand sie zu Wort kommen ließ, kochte währenddessen Kaffee für die Schwiegermutter.

»Mein Mann«, sagte sie, als sie endlich die Witwe für sich hatte, »hängt gar zu sehr an den Dingen dieser Welt. Er denkt gar nicht daran, daß der Herr uns die guten Gaben gegeben hat, ohne daß wir sie verdient hätten, und daß der Herr sie uns nehmen kann von einem Augenblick zum andern.«

»Meine gute Annedda, die Männer sind alle so«, sagte die andere tröstend. »Sie denken nur an die Dinge dieser Welt. Lassen wir das. Aber was machst du da? Mach dir doch keine Umstände. Ich bin nur für einen kleinen Augenblick gekommen und gehe gleich wieder fort. Ich habe gesehen, daß es Elias gutgeht. Er ist weiß wie ein Mädchen. Gott segne ihn!«

»Ja, er scheint wenigstens gesund zu sein. Dem Herrn sei Dank! Ach, er hat so viel gelitten, der arme Vogel!«

»Nun hoffen wir, daß jetzt alles vorüber ist; er wird sich sicher nicht wieder in schlechte Gesellschaft begeben. Es sind seine Kameraden gewesen, die ihn ins Unglück gestürzt haben.«

»Gott segne dich! Deine Worte sind Gold, meine gute Arrita Scada. Wovon sprachen wir doch gleich? Die Männer denken nur an die Dinge dieser Welt; wenn sie nur ein wenig an jene Welt da oben denken wollten, würden sie sich rechtschaffen in dieser Welt durchschlagen. Sie denken immer, dieses Erdenleben werde niemals enden, während es doch nur eine kurze Spanne dauert wie eine Novene. Wir müssen viel leiden hier unten, darum müssen wir sehen, daß dieses kleine klopfende Ding hier«, sie schlug sich auf die Brust, »ruhig bleibt und uns nichts vorzuwerfen hat. Alles andere soll seinen Lauf nehmen. Da ist noch Zucker, Arrita. Du mußt den Kaffee nicht bitter trinken.«

»Er ist gerade gut so. Ich mag ihn nicht gern süß.«

»Nun gut, wir sprachen also davon, daß es genügt, ein ruhiges Gewissen zu haben, aber daran denken die Männer nicht. Ihnen genügt es, wenn das Jahr gut gewesen ist, wenn sie viel Käse gemacht, viel Getreide gewonnen haben und viele Oliven. Ach, sie wissen nicht, daß das Leben so kurz ist und daß alle Dinge dieser Welt so rasch dahingehen. Gib mir doch deine Tasse, bemühe dich nicht. Ach, es ist nichts, nur das Löffelchen ist hinuntergefallen. Die Dinge dieser Welt! Geh, Arrita Scada, geh doch einmal an die Küste des Meeres und zähle alle Sandkörner, und wenn du sie dann gezählt hast, da wirst du wohl wissen, daß sie nichts sind im Vergleich zu den Jahren der Ewigkeit. Und nun unsere Jahre, die Jahre, die wir in der Welt verbringen, die kann ein Kinderfäustchen fassen. Ich spreche so oft zu Berte Portolu und zu meinen Kindern von diesen Dingen, aber sie hängen zu sehr an dieser Welt.«

»Sie sind jung, meine gute Annedda, du darfst nicht vergessen, daß sie noch jung sind. Übrigens wirst du merken, daß Elias vernünftig geworden ist. Er ist ernst, sehr ernst. Die Strafe war hart, und sie wird ihm eine Lehre sein.«

»Maria von Valverde gebe es! Ach, Elias hat ein weiches Herz; als Knabe war er wie ein Mädchen, niemals kam ein Fluch oder nur ein häßliches Wort aus seinem Mund. Wer hätte gedacht, daß ich gerade um ihn noch einmal so viele Tränen vergießen würde!«

»Laß gut sein, jetzt ist alles vorüber. Jetzt scheinen deine drei Söhne wirklich drei Tauben zu sein, wie dein Mann Berte sagt. Wenn unter ihnen immer Eintracht herrscht, Liebe...«

»Gott segne dich, doch darum ist mir nicht bange«, sagte Zia Annedda lächelnd.

Nach dem Abendessen war Zia Annedda endlich mit Elias allein; sie saßen beide im Hof in der frischen Luft. Das Tor war offen, der Fußweg menschenleer; es war wie in einer Sommernacht, alles still, der klare Himmel mit funkelnden Sternen übersät. Hinter den Gärten, jenseits der Straße in weiter Ferne hörte man das silberhelle Geläute weidender Schafe; in der Luft lag ein herber Geruch von frischem Gras. Elias atmete begierig diesen Duft, diese reine Luft ein, seine Nasenflügel blähten sich, die Ahnung einer wilden Lust ergriff ihn: er spürte, wie ihm das Blut warm durch die Adern rann, und fühlte im Kopf eine angenehme Schwere. Er hatte getrunken, und er war glücklich.

»Wir sind bei Pietros Braut gewesen«, sagte er unbestimmt. »Sie ist ein recht hübsches Mädchen.«

»Ja, etwas braun, aber hübsch, außerdem ist sie recht verständig.«

»Ihre Mutter scheint mir ein wenig aufgeblasen. Wenn sie einen Soldo hat, tut sie, als hätte sie einen Scudo in der Hand; aber das Mädchen wirkt bescheiden.«

»Was willst du? Arrita Scada ist aus guter Familie, und darauf ist sie stolz. Außerdem«, sagte Zia Annedda und ging zu ihrem Lieblingsthema über, »ich weiß nicht, welchen Nutzen man von Hochmut und Stolz hat. Gott hat gesagt: ›Drei Dinge nur soll der Mensch haben, Liebe, Barmherzigkeit und Demut.‹ Welchen Nutzen hat man von all den anderen Leidenschaften? Du hast das Leben kennengelernt, mein Sohn; sag, was hältst du davon?«

Elias seufzte tief und sah zum Himmel auf.

»Ihr habt recht; ich habe das Leben kennengelernt. Nicht daß ich mein Unglück verdient hätte; Ihr wißt ja, daß ich unschuldig war. Doch der Strafe des Himmels entgeht niemand. Ich bin ein schlechter Sohn gewesen, dafür hat Gott mich bestraft; er hat mich vor der Zeit alt gemacht. Die schlechten Kameraden haben mich vom rechten Weg abgebracht, und nur weil ich in schlechter Gesellschaft verkehrt habe, bin ich in dieses Unglück gestürzt worden.«

»Und diese Kameraden haben nicht einmal nach dir gefragt, während du littest. Früher, als du noch frei warst, haben sie uns die Tür eingerannt. Wo ist Elias? Ist Elias nicht da? Elias ging und kam. Und dann? Dann sind sie fortgeblieben, und wenn sie hier vorbeigehen mußten, haben sie sich die Mütze tief ins Gesicht gezogen, damit wir sie nicht erkennen sollten.«

»Laßt gut sein, Mutter. Jetzt ist alles vorüber, ich werde ein neues Leben anfangen«, sagte er und seufzte noch einmal auf. »Von jetzt an werde ich nur für meine Familie leben, für Euch, meinen Vater, meine Brüder; glaubt mir, Ihr sollt alles Vergangene vergessen. Ich werde Euch dienen wie ein Knecht, Euch immer gehorchen, und ich werde mich wie neugeboren fühlen.«

Zia Annedda merkte, wie ihr die Freudentränen in die Augen stiegen, doch da ihr schien, daß auch Elias sehr bewegt war, lenkte sie das Gespräch ab.

»Bist du denn immer gesund gewesen?« fragte sie. »Du bist so abgemagert.«

»Was wollt Ihr? An *jenem Ort* muß man ja mager werden, auch wenn man nicht gerade krank ist. Das Nichtstun setzt einem mehr zu als die schwerste Arbeit.«

»Habt ihr denn nie gearbeitet?«

»Doch. Man verrichtet leichtere Handarbeit, Schuster- oder Weiberarbeit! Deshalb ist es, als ob die Zeit dort stillstände: eine Minute ist wie ein Jahr – es ist schrecklich, Mutter.«

Sie schwiegen. Elias' Stimme war bei den letzten Worten rauh geworden. Während des Nachmittags, im ersten Rausch der Freiheit, hatte er über seine Gefangenschaft und seine Unglücksgefährten leichthin geredet, als läge alles schon weit hinter ihm, ja, als wäre die Erinnerung daran fast angenehm. Nun aber, in der stillen Nacht, bei dem frischen Duft, der vom Land herüberwehte und ihn an die glücklichen Tage seiner Jugend erinnerte, die er bei den Schafen, in der unbegrenzten Freiheit der väterlichen Tanka* verlebt hatte, nun, vor seiner Mutter, dieser guten, lauteren Alten, nun dachte er plötzlich mit Schaudern an die verlorenen Jahre, die er in der beklemmenden Enge des Kerkers verbracht hatte.

»Ich bin recht schwach«, sagte er nach einer Weile, »ich habe zu nichts mehr Kraft, es ist, als hätten sie mir das Rückgrat gebrochen. Und doch war ich nie krank, nur einmal hatte ich eine fürchterliche Kolik; ich glaubte, daß ich sterben müßte. ›Heiliger Franziskus‹, sagte ich damals, ›hilf mir aus dieser Not, und ich will zu deiner Kirche gehen und dir eine große Kerze bringen, sobald ich frei bin.‹«

»O heiliger Franziskus«, rief Zia Annedda aus und faltete die Hände. »Ja, wir wollen hingehen, wir wollen zu

* Eine ausgedehnte, eingefriedete Viehweide

ihm gehen, mein Sohn! Gott segne dich. Er wird dir auch deine Kraft wiedergeben, zweifle nicht daran. Wir werden zu ihm gehen und unsere Novene beim heiligen Franziskus verrichten. Auch Pietro wird kommen und seine Braut auf dem Pferd mitführen.«

»Wann heiratet Pietro?«

»Nach der Ernte wird er heiraten, mein Sohn.«

»Und die junge Frau wird hier wohnen?«

»Ja, sie wird hier wohnen, wenigstens in der ersten Zeit: Ich werde langsam alt, mein Sohn, und habe Hilfe nötig. Solange ich lebe, möchte ich, daß wir alle zusammenbleiben, später, wenn ich in den Schoß des Herrn zurückgekehrt bin, kann jeder von euch seine eigenen Wege gehen. Auch du wirst dich verheiraten ...«

»Ach, wer will mich denn schon?« sagte er bitter.

»Warum sprichst du so, Elias? Wer dich will? Ein Kind Gottes will dich. Wenn du dich besserst, wenn du ein rechtschaffenes Leben führst, in der Furcht Gottes lebst und arbeitest, wird das Glück mit dir sein. Ich sage ja nicht, daß du nach einem reichen Mädchen suchen sollst, aber ein ehrbares Mädchen wirst du schon finden. Der Herr hat die Ehe eingerichtet, damit Mann und Frau sich in einem heiligen Bund vereinen, nicht etwa ein Reicher und eine Reiche oder ein Armer und eine Arme.«

»So ist's!« sagte er lachend. »Sprechen wir nicht mehr davon. Heute erst bin ich zurückgekehrt, und wir reden schon vom Heiraten. Wir können ein andermal darüber reden: ich bin erst dreiundzwanzig Jahre alt und habe noch Zeit genug. Aber Ihr seid müde, Mutter. Geht schlafen, geht, geht.«

»Ja, ich gehe, aber geh auch du ins Haus, Elias, die Nachtluft könnte dir schaden.«

»Schaden?« sagte er, öffnete weit den Mund und atmete

tief ein. »Wie könnte sie mir schaden? Seht Ihr nicht, daß sie mir das Leben zurückgibt? Geht nur, Mutter. Ich komme auch gleich.«

Dann war er allein; er lag halb auf der Erde hingestreckt, den Ellbogen auf die Türstufe gestützt. Er hörte seine Mutter die Holztreppe hinaufsteigen, das Fensterchen schließen und die Schuhe abstreifen. Dann wurde alles still. Die Luft war frisch, feucht und würzig. Elias dachte an die Worte seiner Mutter und sagte bei sich: mein Vater und meine Brüder schlafen friedlich auf ihren Matten, man hört es bis hierher. Der Vater schnarcht, Mattia spricht von Zeit zu Zeit im Schlaf, er träumt sicherlich; auch im Traum ist er ein wenig einfältig. Aber wie gut sie schlafen, alle miteinander! Sie haben sich einen Rausch angetrunken, doch morgen werden sie nichts mehr davon spüren. Ich habe auch ein wenig zuviel getrunken, aber ich werde es morgen noch merken. Wie schwach ich doch bin! Ich bin gar kein Mann mehr, zu nichts in der Welt bin ich mehr nütze. Ach, und meine Mutter will mich verheiraten! Aber welche Frau nimmt mich? Keine. – Genug, die Luft wird feucht, ich will hineingehen.

Aber er rührte sich nicht. Noch immer drang das Gebimmel der weidenden Herden zu ihm, bald nah, bald fern, getragen von einer feuchten und dufterfüllten Brise. Elias war müde, sein Kopf schwer, er konnte sich nicht bewegen, oder vielleicht glaubte er, sich nicht bewegen zu können. Wirre Bilder gingen ihm durch den Sinn, er dachte an die Herde, an die Tanka, die hoch mit Heu bedeckt war, und er sah die Schafe, dick in ihrem langen Fell, hie und da in dem Grün der Weide verstreut. Doch diese Schafe hatten menschliche Gesichter, die Gesichter seiner Unglücksgefährten. Er fühlte eine unbestimmte

Angst. Vielleicht war es der Wein, der in seinem Blut gärte und ihm nun ein wenig Fieber machte. Er erinnerte sich an alle Begebenheiten des Tages, aber er glaubte sie geträumt zu haben. Es war ihm, als sei er noch an *jenem Ort* und empfinde darüber einen dumpfen Schmerz.

Die phantastischen Bilder seines Traumes schwankten hin und her, entschwanden in die Ferne und lösten sich auf. Jetzt war ihm, als würden diese seltsamen Schafe mit dem Menschenantlitz über die Mauer springen, die die Tanka einschloß; er ging keuchend hinter ihnen her, nun sprang auch er über die Mauer und drang in die Nachbartanka ein, die mit hohen, tiefgrünen Korkeichen dicht bewachsen war. Ein großer, strenger, mächtiger Mann mit einem rötlich-grauen Bart, eine Art Riese, schritt langsam, beinahe würdevoll durch den Wald. Elias erkannte ihn. Es war ein Mann aus Orune, ein Weiser des Waldes, der die riesige Tanka eines reichen Nuoresen bewachte, um die Rinde der Korkeichen vor Diebstahl zu schützen. Seit seiner Kindheit kannte Elias diesen Hünen, der nie lachte und vielleicht deshalb als eine Art Weiser angesehen wurde. Er hieß Martinu Monne, aber alle nannten ihn »Waldvater«, weil er erzählte, seit seiner Kindheit keine einzige Nacht in einem geschlossenen Raum geschlafen zu haben.

»Wohin gehst du?« fragte er Elias.

»Ich gehe diesen närrischen Schafen nach, aber ich bin so müde, mein Waldvater! Ich kann nicht mehr, ich bin schwach und schlapp, ich tauge zu nichts mehr!«

»Nun, wenn du die Mühsal scheust, dann werde doch Priester!« sagte Zio Martinu mit seiner mächtigen Stimme.

»Ja, diese Idee ist mir schon manchmal gekommen, an *jenem Ort*!« rief Elias.

Er schüttelte sich und erwachte. Ein kalter Schauer durchlief ihn. Ich bin hier eingeschlafen, dachte er und erhob sich; ich werde mir was geholt haben.

Ein wenig schwankend trat er in die Küche. Der Vater und die Brüder schliefen fest auf ihren Matten, ein Licht brannte auf dem Steinherd. Für den armen, schwachen Elias hatte man in einem Kämmerchen zu ebener Erde ein Bett zurechtgemacht. Er nahm das Licht, durchschritt ein kleines Zimmer, in dem auf großen Tischen eine Menge gelber, fetter Käse lag, der einen unangenehmen Geruch verbreitete, dann trat er in seine Kammer.

Er zog sich aus, legte sich nieder, löschte das Licht. Er fühlte sich wie zerschlagen, der Kopf war ihm schwer, und trotzdem konnte er nicht einschlafen und versank erneut in einen fast schmerzlichen Halbschlaf voll wirrer Wachträume. Er sah wieder die Tanka vor sich, das Heu, die fetten Schafe mit ihrer gelben, zottigen Wolle, die grüne Linie des nahen Waldes. Auch Zio Martinu war noch da; nur stand er jetzt an der Mauer, groß, streng, schmutzig und würdevoll.

Auch Elias stand an der Mauer, auf der eigenen Tanka, und erzählte ihm viel von *jenem Ort*. Unter anderem sagte er: »Sie führten uns immer zur Messe, ließen uns oft beichten und das Abendmahl nehmen. Ja, da unten sind sie gute Christen. Der Kaplan war ein heiliger Mann. Einmal sagte ich ihm in der Beichte, daß ich bis zur zweiten Gymnasialklasse gekommen und darauf Hirte geworden sei, daß ich nun aber sehr bereute, die Studien nicht fortgesetzt zu haben. Da schenkte er mir ein Buch, halb lateinisch, halb italienisch geschrieben, das Buch der Karwoche. Ich habe es mehr als hundertmal gelesen. Was sage ich? Mehr als tausendmal, und ich habe es auch mit hierhergebracht. Ich kann es ebensogut in Latein wie in Italienisch lesen.«

»Da bist du also ein großer Gelehrter!«

»Nicht so wie Ihr! Aber ich bin gottesfürchtig.«

»Gut, wenn man Gott fürchtet, ist man weiser als alle Könige der Welt!« sagte Zio Martinu.

Nun zerrann Elias' Traum und vermischte sich mit anderen Träumen, alle mehr oder weniger seltsam.

Zweites Kapitel

Obwohl Mattia Elias drängte, bald mit ihm zu den Schafen zu gehen, blieb der Heimgekehrte noch einige Tage zu Hause, um Freunde und Verwandte wiederzusehen und sich auszuruhen.

Zio Berte und Mattia kehrten zur Herde zurück, Pietro ging an seine Arbeit; aber der eine oder andere kam abends nach Hause zurück, um Elias wiederzusehen und ihm Gesellschaft zu leisten. Dann wurde an den hellen Frühlingsabenden im kleinen Hof oder am Herdfeuer viel geschwatzt und erzählt.

Man hatte bei Elias keine besondere Überwachung, die gewöhnlich der Strafe folgt und sie noch verschärft, für nötig befunden, doch die Polizei wollte ihn zumindest fürs erste noch fest im Auge behalten. So schritten abends häufig zwei Polizisten mit wuchtigen Schritten den Fußweg entlang, blieben stehen und steckten den Kopf zu Portolus Tür hinein. Wenn Zio Berte im Haus war und seine roten Fuchsäuglein die Polizisten erspähten, sprang er halb ehrerbietig, halb spöttisch auf, trat an die Tür und lud sie ein hereinzukommen.

»Der König sei willkommen, willkommen die königliche Gewalt!« rief er. »Kommt doch herein, ihr Burschen, und trinkt ein Glas Wein. Was, ihr wollt nicht eintreten? Glaubt ihr denn in einem Haus von Räubern und Mördern zu sein? Ehrenmänner sind wir, und ihr habt eure Nase gar nicht in unsere Angelegenheiten zu stecken!«

Die beiden, zwei kräftige, rotgesichtige junge Männer, ließen sich zu einem Lächeln herab.

»Wollt ihr nun hereinkommen oder nicht?« fuhr Zio Portolu fort. »Soll ich euch reinziehen? Wollt ihr das? Aber nehmt euch in acht, daß ich nicht einen Fetzen von euch in der Hand behalte. Wenn ihr nicht hereinkommen wollt, so geht zum Teufel! Aber Zio Portolu hat guten Wein!«

Und die Polizisten traten schließlich ein; sofort war auch Zia Annedda mit der berühmten Weinflasche da.

»Es lebe der König, es lebe die königliche Gewalt, es lebe der Wein! Trinkt nur, daß ihr der Gerechtigkeit anheimfallt...«

»Hoho«, warf dann etwa Mattia ein, »was sprecht Ihr da, Vater? Da müßten sie sich ja selber anheimfallen.«

»Ha, ha, ha!«

»Da gibt's nichts zu lachen! Trinkt, meine Söhne. Trink, Mattia, das wird deinem Kopf guttun. Auch du, Elias. Dein Gesicht sieht grau wie Asche aus. Rot muß man sein, wenn man ein rechter Mann sein will! Sieh dir diese jungen Burschen an! So rot wie sie mußt du werden. Was da, nun werdet ihr ja noch röter, zum Teufel! Schämt ihr euch vielleicht der Worte von Zio Portolu? Na, der hat noch ganz anderen Leuten heiß gemacht; Dragonern! Wißt wohl nicht, wer Zio Portolu ist? Nun gut, ich werd's euch sagen: ich bin es!«

»Sehr angenehm«, sagten die jungen Polizisten, verbeugten sich und lachten. Sie amüsierten sich, und Zio Portolus Wein war wirklich gut, spritzig und aromatisch.

Zio Berte nahm sich die Freiheit heraus, den Polizisten die Hände auf die Schultern zu legen. »Wofür haltet ihr euch eigentlich? Für die königliche Gewalt? Einen Dreck! Wartet mal, wenn ich euch euer langes Messer nehme, diese Pistole da, die Knöpfe, was bleibt dann noch von euch? Ein Dreck, wie ich euch gesagt habe. Wollen doch mal diese Sachen dem Elias, Mattia oder meinem Pietro geben. Die sind viel besser als ihr. Drei Prachtkerle, drei Tauben sind meine Söhne! An meinen Söhnen könnt ihr nichts aussetzen. Die haben es nicht nötig zu stehlen, die haben selbst genug. Wir haben so viel, daß wir den Hunden und den Raben vorwerfen können!«

»Pah«, sagte Elias, der schweigend in einem Winkel gesessen hatte, »Ihr geht ein wenig zu weit, Vater.«

»Laß ihn doch reden ...«, murmelte Mattia, dem die Aufschneidereien des Vaters gefielen.

»Sei du nur ruhig, mein Sohn. Du weißt von diesen Sachen nichts, du hast ja eben erst das Licht der Welt erblickt. Aber ihr da, Burschen, was macht ihr? Trinkt doch! Zum Teufel noch mal, so trinkt doch! Der Mann ist zum Trinken geboren, und wir sind Männer. Wir sind alle Männer!« schloß er philosophisch und mit Nachdruck. »Männer sind wir, ihr und wir, aber Mitleid müssen wir alle miteinander haben. Heute tragt ihr den Degen, vertretet den König, so daß selbst der Teufel vor ihm davonrennt, aber morgen? Nun ja, morgen kann es kommen, daß ihr gar nichts mehr seid, und es kann sein, daß ihr Zio Portolu dann brauchen könnt. Warum? Weil der ein gutes Herz hat. Ja, ja, das kann euch das ganze Dorf sagen, so wie Zio Berte gibt's nicht viele. Aber auch meine Söhne haben ein gutes Herz, sie haben ein Herz wie Tauben. Wenn ihr einmal zu unseren Schafen kommen wollt, in die Serra, da sollt ihr Milch, Käse und auch Honig haben. Ja, wir haben auch Honig! Aber Burschen, drückt ein Auge zu, oder lieber gleich alle beide; braucht nicht alle Dinge, die ihr seht, dem König wiederzusagen. Wir sind doch nun mal alle Menschen, Menschen mit Fehlern und Gebrechen.«

Die beiden lachten und tranken, und wenn es nötig war,

drückten sie angesichts der Schwächen der Portolus und ihrer Freunde ein Auge zu – oder sogar alle beide.

Was diese Freunde betraf, so besuchten Elias auch diejenigen, deren schlechter Gesellschaft er und die Familie sein Unglück zuschrieben. Trotz der Vorsätze, diese Kameraden nicht einzulassen, vielmehr ihnen die Tür vor der Nase zuzuschlagen, wenn sie sich erkühnen sollten wiederzukommen, nahm Elias sie doch christlich auf, und Zia Annedda brachte ihnen zu trinken.

»Was soll man machen?« sagte sie, wenn die Freunde gegangen waren. »Wir müssen Christen sein, wir müssen Nachsicht mit ihnen haben. Gott möge ihnen verzeihen!«

»Es ist auch besser, mit allen Menschen in Frieden zu leben. Der Herr hat den Frieden geboten!« antwortete Elias.

»Gott segne dich, mein Elias, da hast du eine große Wahrheit ausgesprochen.«

Wie froh war doch Zia Annedda, wenn sie ihren Sohn von Gott sprechen hörte! Wenn sie ihn aus der Messe kommen sah und wenn er in dem dicken schwarzen Buch las, das er von *jenem Ort* mitgebracht hatte!

Gott sei gelobt! dachte sie bewegt, er wird wieder gut, wie er es als Knabe gewesen ist.

Unterdessen rüsteten sich Mutter und Sohn, vor dem heiligen Franziskus ihr Gelübde zu erfüllen.

Die Kirche des Heiligen liegt in den Bergen von Lula. Sie ist der Legende nach von einem Banditen erbaut worden, der, seines unsteten Lebens müde, sich der Gerechtigkeit auszuliefern versprach und, wenn er freigesprochen würde, die Kirche erbauen wollte. Wie dem auch sei, ob die Sage wahr war oder nicht, jedes Jahr losen die Nachkommen des Stifters oder der Stifter einen Prior aus, der dem Fest zu Ehren des Heiligen vorstehen muß.

Diese Nachkommen, die auch Verwandte des heiligen Franziskus genannt werden, bilden in den Festtagen und zur Zeit der Novene eine Kongregation und genießen gewisse Vorrechte. Auch die Portolus gehörten dazu. Wenige Tage vor der Abfahrt begab Pietro sich mit dem Ochsenkarren zu dem Wallfahrtsort, um dort mit anderen Bauern und Maurern unentgeltlich zu arbeiten; manche von ihnen erfüllten damit ein Gelübde. Sie setzten die Kirche instand sowie die Zellen, die um diese herum gebaut waren, und schafften das Holz hin, das während der Novene dort brennen mußte. Zia Annedda schickte der Priorin eine bestimmte Menge Korn, und zusammen mit anderen Frauen der kleinen Gemeinde half sie das Mehl reinigen und das Brot für die Novene backen. Ein Teil dieses Brotes wurde von einem Boten des Priors als Geschenk an die Schafhirten des Nuoreser Landes überbracht. Jeder Schafstall erhielt ein Brot. Die Hirten empfingen es mit Ehrerbietung, und zum Austausch gaben sie von ihren Erzeugnissen, soviel sie konnten. Einige gaben sogar Geld und lebende Lämmer, andere versprachen, ganze Kühe zu schenken, um die Herden des Heiligen noch zu vermehren, der schon reich an Land, Geld und Herden war. Als der Bote in den Schafstall Portolus trat, entblößte Zio Berte den Kopf, bekreuzigte sich und küßte das Brot.

»Heute gebe ich dir nichts«, sagte er zum Boten, »aber am Festtag werde ich mit meiner Frau dort sein. Da werde ich dem Heiligen ein ungeschorenes Schaf bringen und einen vollen Tagesertrag meiner Herden. Zio Portolu ist nicht geizig und glaubt an den heiligen Franziskus, der ihm immer beigestanden hat. Jetzt geh mit Gott!«

Zia Annedda fuhr mit ihren Vorbereitungen fort, sie buk ein besonderes Brot sowie Zwieback und Süßigkeiten von Mandeln und Honig, sie kaufte Kaffee, Rosolio und andere Vorräte. Mit zärtlichem Blick folgte Elias dem ruhigen Schaffen seiner Mutter, manchmal half er ihr auch. Er ging fast nie aus dem Haus, fühlte sich immer matt und schwach, und seine blaugrünen, ein wenig eingesunkenen Augen wurden oft glasig und starrten ins Leere, ins Nichts, wie die Augen eines Toten.

Endlich kam der Tag der Abfahrt. Es war ein Sonntag in der ersten Maiwoche. Die Wollsäcke waren gepackt, und auf den Straßen sah man hier und da Ochsenkarren, die mit Gerätschaften und Vorräten beladen waren, schon angespannt für die Abfahrt.

Zia Annedda und Elias gingen noch in die kleine Kirche zum Heiligen Rosenkranz, um die Messe zu hören. Bevor die Messe begann, schritt ein Bauer zu einem Altar und nahm einen kleinen hölzernen Schrein herunter, in dem hinter Glas ein kleiner heiliger Franziskus aufbewahrt war. Als er ihn hinaustrug, winkten ihm einige Frauen, damit er ihnen den Schrein zum Küssen reiche; auch Elias nickte ihm zu und küßte das Glas zu den Füßen des Heiligen.

Bald darauf waren alle auf dem Weg. Der Prior, ein noch junger Bauer mit fast blondem Haar, ritt einen schönen grauen Hengst und trug die Fahne und den Schrein. Es folgten andere Bauern, die Frauen auf dem Pferd hinter sich, Frauen, die selbst ritten, Frauen zu Fuß, Kinder, Karren und Hunde. Und doch machte jeder den Weg allein, hielt sich auf der Straße für sich.

Elias, unter den letzten, hatte die Mutter auf der Kruppe seines Pferdes; sie ritten eine sanfte, weißgefleckte Stute, hinter der ein Füllen, nur wenig größer als ein Hund, hertrabte.

Es war ein wundervoller Morgen. Die mächtigen Berge

vor ihnen ragten tiefblau in den Himmel, der noch im violetten Schein des Morgenrots entflammt war. Das wilde Tal der Isalle war mit Blumen und Kräutern übersät, über dem felsigen Weg hingen wie leuchtende Lampions die goldgelben Ginsterblüten. Der Orthobene, von dem Grün der Wälder, dem Gold des Ginsters und den roten Blüten des Mooses gefärbt, lag weit schon im perlglänzenden Hintergrund, im Rücken der Wanderer. Mit einem Mal öffnete sich das Tal auf weite, einsame Ebenen, die zarten Sprossen der Saaten, die im Morgentau glänzten, wogten unter den schwachen Strahlen der Sonne wie schimmerndes Silber; den Wiesen, die mit Mohn, Thymian und Maßlieb bedeckt waren, entströmten erregende Düfte.

Doch der Weg ging in die Berge, und die Pilger ließen die Ebene, die zum Meer führte, seitwärts liegen. Schon brannte die Sonne, und die rauhen Nuoreser Reiter begannen zu trinken, »um sich die Kehle anzufeuchten«. Von Zeit zu Zeit hielten sie die Pferde an und warfen den Kopf zurück, um aus der Kürbisflasche zu trinken, in der sie den Wein aufbewahrten. Lust und Freude erfüllte alle. Einige spornten die Pferde hin und wieder zu einem leichten Galopp, dann zu einem wilden Ritt an, warfen sich dabei ein wenig zurück und stießen wilde Freudenschreie aus.

Mit festem Blick folgte ihnen Elias. Sein Gesicht strahlte; auch er hätte hinausjubeln mögen. Ein Zittern durchlief ihn, eine instinktive Erinnerung an frühere Ritte, und ein wildes Verlangen packte ihn, im leichten Galopp, in der berauschenden Freiheit eines wilden Rittes dahinzujagen. Aber das dünne Ärmchen seiner Mutter hielt ihn umfaßt, und er zügelte nicht nur jenen Instinkt des primitiven Menschen, sondern blieb weit hinter allen anderen Reitern zurück, um den Staub, den diese aufwirbelten, von der alten Frau fernzuhalten.

Endlich begann die Steigung. Dichtes Mastixgestrüpp kletterte am dunkel schimmernden Schiefergestein auf und nieder, übersät von wilden Rosen in voller Blüte. Weit und rein entfaltete sich der Horizont, ein duftender Windhauch wellte die tiefgrüne Heide – ein unauslöschlicher Traum von Frieden, wilder Einsamkeit, unendlicher Stille, kaum unterbrochen vom fernen Ruf des Kuckucks und von den verklingenden Stimmen der Wallfahrer. Da plötzlich ist die erhabene Landschaft entweiht, verwüstet von schwarzen Schlünden und vom Geröll der Bergminen; dann wieder traumhafter Friede, ein Glanz vom Himmel und den schwarzen Steinen, vom fernen Meer, wieder das endlose Reich der Mastix, der wilden Rose, des Windes, der Einsamkeit.

Auf einem freien Platz zwischen dem Gestrüpp machten alle halt. Einige Frauen stiegen ab, die Männer tranken. Nach althergebrachter Sitte wollte die Heiligenfigur auf ihrem Weg zur Kirche hier rasten – und trinken! Auf halber Höhe sah man das Kirchlein mit seinen weißen Mauern und seinen roten Dächern in der grünen Heide liegen.

Nach kurzer Rast wurde die Wanderung wiederaufgenommen. Elias Portolu und Zia Annedda waren erneut die letzten. Das Ziel kam näher; die Sonne stand bald im Zenit, doch der leise Wind, der den Duft der wilden Rosen zu ihnen trug, dämpfte die Glut.

Da taucht im Hintergrund ein kleines Tal auf – wieder eine Steigung. Die weißen Mauern, die roten Dächer kommen näher. Mut! Die Anhöhe wird steil und steinig. Haltet euch fest an Elias, Zia Annedda! Die Stute ist müde und glänzt vor Schweiß, das Füllen kann nicht weiter.

Mut! Das Ziel ist nahe. Da ist schon die schöne Kirche mit ihren Häuschen, mit dem Hof und der Mauer ringsherum, dem weit geöffneten Tor. Wie eine rotweiße Burg hebt sie sich ab von dem tiefen Himmelsblau, von dem üppigen Grün der wogenden Heide.

Zia Annedda und Elias sahen von unten, wie Pferde und Reiter sich vorwärtsschoben, Gruppen bildeten und dichtgedrängt in einer Wolke von Staub durch das geöffnete Tor strömten. Die Männer hatten die Mützen verloren, die Frauen ihre Tücher; manche hielten sich die Haare zusammen, die sich bei dem mühseligen Ritt gelöst hatten. Der grelle Klang einer Glocke kam von oben herab, und die kurzen Töne ihres Freudengeläutes verhallten, verloren sich in der Unendlichkeit des blauen Himmels, der grünen Landschaft. Elias und Zia Annedda trafen als letzte ein. Auf dem mit Gras und Unkraut bewachsenen Hof, auf den sengend heiß die Sonne brannte, herrschte geschäftiges Treiben, ein Durcheinander von müden, schweißtriefenden Tieren. Hier schrie ein Kind, dort bellte ein Hund. Zwitschernd flogen Schwalben über den Hof hinweg, wie erschrocken darüber, die tiefe Bergeinsamkeit plötzlich belebt zu sehen. In der Tat war es, als wäre unvermutet ein wanderndes Völkchen von fern gekommen, um dieses kleine, unbewohnte Dorf zu überfallen. Die Türen öffneten sich, und die Räume hallten wider von Lachen und Lärmen.

Ruhig half Elias der Mutter vom Pferd; dann stieg er selbst ab, band die Stute fest und belud seine Schultern mit den prallen Säcken, die mit Vorräten und Decken angefüllt waren, und die Portolus richteten sich wie alle Familien der Kongregation häuslich in der *großen Cumbissia* ein. Diese *Cumbissia* ist ein langgestreckter, halbdunkler Raum, der Boden mit rohen Steinen gepflastert, das Dach mit Rohr unterlegt. Hier und da ist ein Steinherd in den Boden eingelassen, und an den rauhen Wänden sieht man große Holzpflöcke, die die angestammten Abteilungen der Familien trennen, die von den Stiftern abstammen.

Die Portolus nahmen ihr Abteil und ihre Feuerstelle im hinteren Teil des Raumes in Besitz. In diesem Jahr war die Cumbissia nicht sehr belebt, nur sechs Familien bewohnten sie, die übrigen Teilnehmer waren Leute, die nicht zur Kongregation gehörten und deshalb in den zahlreichen anderen Zellen untergebracht wurden.

Der Ehrenplatz des Priors war durch ein Schränkchen bezeichnet, das in die Mauer eingelassen und verschlossen war. Seine Familie beanspruchte jedoch den Platz von zwei bis drei anderen. Es war eine vielköpfige Familie: eine stattliche, dicke, hellhäutige Frau, zwei hübsche Töchter und eine ganze Schar von kleinen Kindern, alle schon in sardischer Tracht. Das Kleinste, noch in Windeln, war kaum ein Jahr alt. Zum Glück war unter dem Hausrat, der zur Kirche gehörte, auch eine kleine Wiege von weißem Holz, in die das Kind sofort hineingelegt wurde.

Die Portolus hatten sich bald eingerichtet. Zia Annedda brachte ihren Korb mit Süßigkeiten, ihr Brot und den Kaffee in einer Mauervertiefung unter, auf den Herd wurde der Kessel und der Kaffeetopf gesetzt, der Sack, die Decke und das Kopfkissen aus rotem Stoff an der Wand aufgereiht, daneben der Strohkorb mit Tassen und Tellern abgestellt. Das war alles. Als nächste Nachbarn hatten sie eine kleine, vom Alter gebeugte Witwe mit ihren zwei Enkelkindern. Sofort wurden freundschaftliche Beziehungen angeknüpft und Geschenke und Höflichkeiten ausgetauscht. Elias aber nahm der Stute den Sattel ab, und diese sprang mit dem Füllen auf die Weide in der nahen Heide.

Während auf dem Hof und in den Zellen noch ein fortwährendes Kommen und Gehen, Schreien und Durcheinander herrschte, ging Zia Annedda in die Kirche, um zu beten. Es war ein kühles, sauberes Kirchlein mit Marmorboden und einem großen, bärtigen Heiligen, der wahrhaftig mehr Furcht als Liebe einflößte. Bald nach der Mutter trat auch Elias ein, kniete auf den Altarstufen nieder, die Mütze über die Schulter geworfen, und betete.

Zia Annedda betrachtete ihn aufmerksam und betete inbrünstig; es schien fast, als sei er der Heilige, an den das mütterliche Flehen sich wandte. Ach, dieses feine, müde Profil, dieses weiße, vom Leiden gezeichnete Gesicht, wieviel Zärtlichkeit, wieviel Liebe weckte es doch in ihr! Nun sah sie den geliebten Sohn hier zu den Füßen des Heiligen knieen, sein Gelübde erfüllen, das er in der Ferne, an jenem schrecklichen Ort geleistet hatte. Ach, wie das alles ihr das Herz zerriß!

Lieber heiliger Franziskus, mein kleiner, heiliger Franziskus, wie soll ich Worte finden, dir zu danken! Nimm mein Leben, wenn du willst, alles was du willst, aber mach meine Söhne glücklich, zeig ihnen die Wege des Herrn. Laß sie sich nicht zu fest an die Dinge dieser Welt hängen, mein lieber, süßer heiliger Franziskus!

Nach und nach hörten das Hin- und Herrennen, der Lärm und die Unruhe auf, jeder hatte nun seinen Platz gefunden, auch der ehrwürdige Herr Kaplan. Er war kaum einen Meter dreißig groß, sehr rot im Gesicht und sehr vergnügt, pfiff gern Gassenhauer und sang Lieder wie aus dem Kaffeehaus.

Die Pferde wurden auf die Weide getrieben, die Herdfeuer angezündet; die stattliche Frau des Priors und die Frauen der Gemeinde begannen, in riesengroßen Kesseln Suppe zu kochen, die mit frischem Käse gewürzt wurde. Welch munteres Leben herrschte in dieser friedlichen patriarchalischen Sippe! Schafe und Lämmer wurden geschlachtet, viele Makkaroni gekocht, viel Kaffee, viel Wein und viel Schnaps getrunken. Der Kaplan las die Messe und die Novene, pfiff und trällerte.

Die größte Fröhlichkeit herrschte jedoch am späten Abend, als alle in der großen Cumbissia um das mächtige, prasselnde Mastixfeuer saßen. Die Nacht draußen war kühl, fast kalt, der Mond senkte sich herab und tauchte die Heide in einen wilden Zauber. Oh, ihr fahlen Nächte sardischer Einsamkeit! Der zitternde Lockruf der Ohreule, der Duft des wilden Thymians, der herbe Geruch des Mastix, das ferne Rauschen der einsamen Wälder verschmelzen zu einer eintönigen, schwermütigen Harmonie, die in der Seele eine feierliche Traurigkeit weckt, eine Sehnsucht nach den reinen, unschuldigen Tagen der Kindheit.

Um das Feuer versammelt, erzählten sich die Bauern der großen Cumbissia pfiffige Geschichten, tranken und sangen. Das Echo ihrer lauten Stimmen klang ins Freie hinaus und verlor sich in jener großen Einsamkeit, in dem Schweigen der Mondnacht, im Gestrüpp der Macchia, unter dem die Pferde schliefen.

Elias Portolu nahm mit großem, beinahe kindlichem Vergnügen an der allgemeinen Freude teil. Er glaubte in einer neuen Welt zu sein; auch er erzählte von seinen Erlebnissen und lauschte fast gerührt den Erzählungen der anderen. Überdies hatte er freundschaftliche Beziehungen mit dem Herrn Kaplan angeknüpft, und dieser neue Freund redete eine Sprache, die ihm sehr gefiel; er spornte ihn an, das Leben zu genießen, zu vergessen, lustig zu sein.

»Diene Gott in Fröhlichkeit«, sagte er. »Laßt uns tanzen, singen, pfeifen, das Leben genießen. Gott hat uns das Leben geschenkt, damit wir es ein wenig genießen. Doch versteh mich recht, nicht sündigen. Das nicht! Die Sünde hinterläßt Gewissensbisse, eine Qual, mein Lieber... Doch genug davon, das wirst du schon erfahren haben. Aber auf rechtschaffene Art das Leben genießen, ja, ja, ja! Ich heiße Jacu Maria Porcu, oder Priester Porcheddu, weil ich so klein bin. Nun wohl, Jacu Maria Porcu ist sein Lebtag fidel gewesen. Und das ist gut so! Einmal kam ich nach Mitternacht nach Hause. Meine Schwester empfing mich: ›Du bist ja betrunken!‹ Es war nicht wahr, keine Spur! ›Was gibt's zum Abendessen, Anna?‹ – ›Nichts gibt's für dich, Jacu Maria Porcu. Schäme dich, Mitternacht ist schon vorbei, nichts gibt's.‹ – ›Gib mir was zu essen, Anna, ein Priester muß doch ein Abendbrot bekommen.‹ – ›Na gut, ich will dir Brot und Käse geben. Schäme dich, Jacu Maria Porcu, schäme dich, Mitternacht ist schon vorbei.‹ – ›Einem Priester Brot und Käse, mir, Jacu Maria Porcu?‹ – ›Ja, Brot und Käse kriegst du hier, wenn du nicht willst, dann laß es eben bleiben!‹ – ›Brot und Käse für Jacu Maria Porcu? Für Priester Porcheddu? *Tè, tè, ziriu, ziriu**, da nehmt's!‹ Und Porcheddu wirft alles den Hunden vor! So muß man es machen, du Milchgesicht! Nur weil ich Priester bin, soll ich mich nicht vergnügen dürfen? Vergnügen schon, sündigen nicht!

Die Liebe macht man zum Spaß,
Die Liebe macht man zum Spaß,

* Lockruf für die Hunde.

Nur zum Spaß.
Heute du, morgen ’ne andre!«

Der ist verrückt! dachte Elias. Er lachte und amüsierte sich; aber Priester Porcheddus Worte machten doch Eindruck, sie brachten ihm einen Hauch von Leben, eine Lust zu singen, zu genießen, sich zu vergnügen.

Fast jeden Tag gingen Elias, Priester Porcheddu, der Prior und andere Freunde weit in die Heide, in den Schatten der hohen Mastixbüsche. Alles schwieg in der metallischen Ruhe des Nachmittags. Vor ihnen hoben sich die malerischen Berge von Lulu klar und blau von dem reinen Himmel ab, und in der Ferne, zwischen dem Grün der Heide, jagten sich die flinken Pferde in engen Kreisen. Es sah aus wie auf einem Bild. Die Männer lagen im Gras und erzählten sich ihre mehr oder weniger abenteuerliche Vergangenheit, Heiligenlegenden, Frauengeschichten oder auch die Sagen von alten Sardenhelden. Oft wurde die Unterhaltung von einem Trällern oder Pfeifen des Priesters unterbrochen; manchmal sprang der Herr Kaplan sogar plötzlich empor und trippelte hin und her oder sang seine freizügigen Lieder, die er mit grotesken Gebärden begleitete.

Eines Tages – es war der vorletzte vor dem Fest – saßen sie wieder so zusammen im Schatten einer Gruppe riesengroßer Mastixbüsche. Elias hatte ihnen gerade erzählt, wie ein Gefangener, einer seiner Gefährten, einmal einen Aufseher geschlagen hatte, weil dieser seine Einladung zum Trinken voll Geringschätzung abgelehnt hatte; da hörte er einen gellenden Pfiff, der wie ein Pfeil aus der Richtung der Kirche zu ihnen kam.

Elias sprang auf. »Das ist mein Bruder, das ist Pietros Pfiff.«

»Nun gut«, sagte Priester Porcheddu, »wenn es dein

Bruder ist, wirst du ihn bald sehen! Warum regst du dich darüber so auf?«

»Dann muß auch mein Vater angekommen sein, und vielleicht ist auch Pietros Braut dabei. Gehen wir, gehen wir doch . . .«, drängte Elias, der wirklich aufgeregt war.

»Wenn es so steht, müssen wir gehen«, sagte der Prior, »wir müssen ihnen die Ehre geben. Berte Portolu ist ein guter Verwandter des heiligen Franziskus, und Maria Maddalena Scada ist ein hübsches Mädchen.«

»Ein hübsches Mädchen?« rief der Priester aus. »Da gehen wir natürlich gleich.«

Elias sah ihn empört an, aber Priester Porcheddu hielt diesem Blick stand, dann lachte er und trällerte sein Lieblingsliedchen:

»Die Liebe macht man zum Spaß,
Nur zum Spaß,
Nur zum Spaß . . .«

Unterdessen gingen sie zur Kirche zurück, auf einem Pfad, der kaum sichtbar durch dichtes Gebüsch und das Grün der duftenden Gräser führte. Der Pfiff wiederholte sich, immer näher und eindringlicher. Elias hatte sich nicht getäuscht: Am Brunnen standen Pietro und Zio Portolu und zwischen ihnen die lichte Gestalt Maria Maddalenas. Elias spürte einen Stich ins Herz.

Priester Porcheddu schnalzte mit der Zunge, aber er fand keine Worte, um seine Bewunderung auszudrücken, obwohl er sich doch so gut auf Frauen verstand.

Maddalena war nicht sehr groß, auch nicht eigentlich schön, doch ungemein lieblich und schlank, sie hatte einen sehr feinen, bräunlich-rosigen Teint, glänzende Augen, über die sich dichte Augenbrauen wölbten, und einen sinnlichen Mund. Das scharlachrote Leibchen, das über dem weißen Hemd offenstand, und das mit Orchideen und Rosen geblümte Kopftuch standen ihr entzückend. Zwischen den plumpen Gestalten Pietros und Zio Portolus war sie anzuschauen wie die Anmut neben der rohen Kraft. Besonders in der Nähe waren diese glänzenden, ein wenig schräg stehenden halbgeschlossenen Augen mit den großen Lidern und den langen Wimpern bezaubernd, ja verführerisch.

»Gut angekommen?« fragte Elias und drückte Maddalena die Hand. »Seid ihr schon lange da? Wir haben euch erst morgen erwartet.«

»Heute oder morgen, das ist doch ganz einerlei!« antwortete Zio Portolu. »Nun grüß euch Gott, grüß Gott, Prior, grüß Gott, du kleiner roter Priester. Gott behüte ihn, man sieht, daß er ein Priester ist, wenn er auch Hosen anhat.«

»He, Priester Porcheddu, was sagt Ihr dazu?«

»Wir sind alle Männer, ob mit oder ohne Hosen«, antwortete dieser ein wenig ärgerlich. Dann wandte er sich an Maddalena und sagte ihr Artigkeiten.

»Nimm dich in acht«, sagte Elias lächelnd zu ihr, »Priester Porcheddu ist gefährlich für die Frauen.«

»Nicht mehr als du«, antwortete dieser schlagfertig.

Maddalena lachte sanft. »Ich fürchte niemanden.«

Und Zio Portolu: »Du brauchst niemanden zu fürchten, meine Tochter, meine Taube, du brauchst vor niemandem Angst zu haben. Zio Portolu ist da, und wenn Zio Portolu nicht reicht, so ist auch noch seine *Leppa* da!«

Damit zog er das große Messer aus der Scheide, die am Gürtel hing, und fuchtelte damit in der Luft herum. Priester Porcheddu trat zurück, hielt die Hände abwehrend vor sich und setzte eine Schreckensmiene auf.

»Das ist der reine Mohammed!« schrie er. »Das ist ja ein Türkensäbel! *Allargaribus.*«

»Was wollt Ihr denn?« sagte Zio Portolu und steckte das Messer wieder ein. »Dieses Mädchen, diese Taube ist mir von ihrer Mutter, einer Taubenwitwe, anvertraut worden. ›Arrita Scada‹, sagte ich ihr, ›sei du nur ruhig, deine Taube wird in meinen Händen ganz sicher sein. Ich werde sie verteidigen, selbst gegen meinen Goldsohn, den Pietro. Gegen alle Geier und alle Raubvögel!‹«

Zio Portolu sprach im Ernst; ab und zu warf er wilde, liebevolle Blicke auf das Mädchen.

»Wenn es so steht, dann müssen wir uns wohl in acht nehmen«, bemerkte der Priester. »Doch jetzt kommt, jetzt wollen wir trinken.«

»Trinken, ja, das ist gut. Bravo, Priester Porcheddu. Jeder Mann muß trinken, und ein Priester erst recht!«

Sie gingen weiter. Zia Annedda erwartete sie mit ihren Kaffeekannen, Weinflaschen und Körben voller Süßigkeiten. Maddalena trat mit ihrer Gefolgschaft lachend und schwatzend in die Cumbissia; bald herrschte dort ein Gewirr von Stimmen, Schreien, Lachen, ein Klirren von Gläsern und Tassen. Man hörte Zio Portolu erzählen, daß er die ganze Wanderung mit dem Schaf gemacht habe, das er dem heiligen Franziskus versprochen und hinten am Sattel fest angebunden hatte.

»Es war mein schönstes Schaf«, sagte er zum Prior, »mit ganz langer Wolle. Ja, Zio Portolu ist nicht geizig, was?«

»Geh zum Teufel!« antwortete ihm der Prior. »Siehst du denn nicht, daß es ein altes Schaf ist, so alt wie du!«

»Bist selbst alt, Antoni Carta! Wenn du mich noch einmal beleidigst, durchbohre ich dich mit meiner Leppa.«

Und Priester Porcheddu hielt das Glas hoch, den Kopf

ein wenig auf die Seite geneigt, und machte Maddalena und den anmutigen Töchtern des Priors schöne Augen.

»Behaglich in meiner Brigg
Rauch' ich ein Pfeifchen Tabak,
Trink' auf des Liebchens Glück
Geschmuggelten Kognak.«

»Ha, ha, ha«, lachten die Frauen.

Nur Elias blieb still. Er hatte sich auf einen der vielen Sättel gesetzt, die in der Cumbissia herumlagen, und nippte an seinem Wein. Bald senkte, bald hob er den Kopf, und immer, wenn er die Augen aufschlug, begegneten sie den lachenden Augen Maddalenas, die ihm in geringer Entfernung gegenübersaß, und diese schrägstehenden, glühenden Augen drangen ihm durch die Seele. Sooft er sie ansah, empfand er eine Art Rausch, ein Nachgeben all seiner Nerven, ein fast körperliches Wohlbehagen.

Das Plaudern und Lachen, die Lieder des Priesters, die Rufe der Frauen erreichten ihn wie aus weiter Ferne, als nähme er an der allgemeinen Lust nicht teil. Da wandte sich plötzlich jemand an ihn; das brachte ihn wieder zu sich, er erwachte wie aus einem Traum, sein Gesicht verfinsterte sich, er sprang auf und ging schnell hinaus.

»Wohin gehst du, Elias?« rief Pietro, der ihm nachrannte.

»Ich will nach den Pferden sehen. Laß mich gehen!« antwortete er beinahe barsch.

»Die Pferde sind gut untergebracht. Warum bist du so verstimmt, Elias? Ist es dir nicht recht, daß Maddalena mitgekommen ist?«

»Was fällt dir ein! Was sprichst du da?« fragte Elias und sah den Bruder an.

»Mir schien nur, daß du böse auf sie bist. Kannst du sie nicht leiden? Was meinst du, Bruder?«

»Du bist verrückt! Ihr seid alle verrückt! Auch sie mit ihrer vielgepriesenen Klugheit. Sie lacht zuviel!«

Pietro war nicht beleidigt. Er wie alle im Haus behandelten Elias wie ein Kind oder vielmehr wie einen Kranken. Sie wollten ihm jeden Verdruß ersparen und gaben ihm daher in allem nach. Auch jetzt ging Pietro, als er sah, daß Elias allein sein wollte, und kehrte zu seiner Braut zurück.

Sie sind alle verrückt, dachte Elias, während er ziellos umherlief. Aber bin ich's nicht auch? Ach, sie ist die Braut meines Bruders. Warum bin ich nur so wahnsinnig und sehe sie immer an?

Er blieb den ganzen Abend draußen.

»Wo steckt nur Elias?« fragte Zia Annedda von Zeit zu Zeit und blickte unruhig umher. »Wohin mag nur der verwünschte Junge gegangen sein? Geh doch, Pietro, suche ihn.«

Aber Pietro beschäftigte sich mit Maddalena – die, um die Wahrheit zu sagen, nicht sehr in ihn verliebt schien, wenigstens es nicht zeigte. Wollte sie nur den Anstand wahren, der ihr von der Mutter angeraten war? Er antwortete: »Ich geh' schon, ich geh'«, doch er rührte sich nicht vom Fleck.

»Wo mag nur Elias sein?« fragte Zia Annedda um die Abendessenszeit. »Portolu, geh doch mal hinaus und sieh nach deinem Sohn.«

Vater Berte saß neben dem Herd auf dem Boden und briet gerade ein ganzes Lamm, das auf einem langen Holzspieß steckte. Er rühmte sich, daß niemand auf der Welt so gut wie er ein Lamm oder ein Ferkelchen braten könne.

»Ich geh' schon, ich geh' schon«, antwortete er seiner Frau. »Laß mich nur erst mit diesem Tierchen abrechnen.«

»Das Lamm ist ja schon gebraten, Berte. Geh doch und suche deinen Sohn.«

»Das Lamm ist noch nicht gebraten, meine liebe Frau. Was verstehst du denn davon? Willst du vielleicht Berte Portolu auch dazu Ratschläge erteilen? Laß doch die Jungen in Ruhe; sie müssen auch ihren Spaß haben.«

Aber sie gab nicht nach. Zio Berte wollte endlich hinausgehen, da trat Elias ein. Seine Augen glänzten, sein Gesicht brannte, er war wunderschön. Alle blickten auf ihn. Zia Annedda seufzte tief auf, und Zio Berte lachte vor Vergnügen, denn er merkte, daß Elias getrunken hatte.

Doch dieser sah nichts anderes als die schrägstehenden, glühenden Augen Maddalenas; er hätte weinen mögen wie ein Kind.

Sie ist nicht bei Sinnen! dachte er. Warum sieht sie mich so an? Warum läßt sie mich nicht in Ruhe? Ich werde es Pietro sagen, ich werde es allen sagen. Wenn sie ihn schon nicht liebt, warum betrügt sie ihn? Sie ist verrückt, verrückt, aber auch ich bin verrückt. Ich darf sie nicht mehr ansehen, ich muß mein Herz von ihr losreißen. Ich will zu Paska gehen, zur Tochter des Priors, und ihr den Hof machen. »Paska«, sagte er und näherte sich wirklich dem Herd des Priors, »du bist die schönste Verwandte des heiligen Franziskus.«

»Und du der schönste«, antwortete schlagfertig das Mädchen, das sich an einem Kessel zu schaffen machte.

Elias setzte sich neben sie und betrachtete sie mit wunderlicher Aufmerksamkeit. Sie lachte zufrieden, während er im Innern seines Herzens zu sterben meinte.

Aus dem Hintergrund der Cumbissia sah Maddalena

herüber; wenn sie die breiten Augenlider, die langen Wimpern senkte, sah sie aus wie eine Madonna, schwermütig und voller Ergebung. Als das Abendessen fertig war, rief Zio Berte Elias zu sich.

»Ich bleibe hier«, antwortete der Junge, »die schönste Verwandte des heiligen Franziskus hat mich an ihren Herd geladen.«

»Du kommst hierher!« schrie Zio Portolu. »Niemand hat dich eingeladen, und auch wenn sie dich eingeladen hätten, so würde ich es dir nicht erlauben. Wenn du nicht im guten kommst, so werde ich, Zio Portolu, dein Vater, eben andere Saiten aufziehen!«

Gehorsam stand Elias auf. Aber er wollte weder essen noch trinken und antwortete gereizt, wenn man sich an ihn wandte.

»Warum bist du so verdrießlich?« fragte Maddalena ihn freundlich, während sie zu Ende aßen. »Weil man dich vom Herd des Priors fortgeholt hat? Geh, geh doch wieder hin, sei lustig.«

»Ja, und wenn ich nun wieder hinginge«, sagte er barsch, »was kümmert's dich?«

»Ah, nichts!« sagte sie steif. Dann wandte sie sich an Pietro, lächelte ihm zu und beschäftigte sich nur noch mit ihm.

Elias sprang auf und entfernte sich. Er blieb aber nicht am Herd des Priors stehen, sondern ging hinaus und setzte sich in den Hof. Er fühlte eine unbestimmte, fieberhafte Angst; er hätte sich die Finger zerbeißen, sich auf die Erde werfen, weinen und schreien mögen. Doch trotz des Weinrausches, trotz der Leidenschaft, die in ihm tobte, war er sich noch ganz über sich selbst im klaren.

Ich bin verliebt, dachte er, warum habe ich mich nur gerade in sie verliebt? Heiliger Franziskus, hilf mir, hilf!

Ich bin ein Narr, mein heiliger Franziskus, aber ich bin so unglücklich!

Aus den verschiedenen Cumbissias drangen wirre Laute, Stimmen, Lieder, Schreie und Gelächter heraus und tönten durch die Stille der lauen, klaren Nacht. Elias konnte deutlich die Stimme seines Vaters, das Pfeifen des Priesters und Maddalenas Lachen unterscheiden. Mitten in soviel Lust und Fröhlichkeit war er traurig und verzweifelt wie ein Kind, das man in der wilden Einsamkeit der nächtlichen Heide allein gelassen hat.

DRITTES KAPITEL

Langsam verlor sich der Lärm, es wurde still unter den schlafenden Familien. Elias ging wieder hinein und legte sich an Pietros Seite auf das Bündel Heu nieder, das einen herben Duft verströmte. Überall in der Cumbissia waren solche Heubündel verstreut. Auf manchem Herd brannte noch Feuer, das in dem Halbdunkel unruhige, rötliche Lichter auf die schweigende Szene warf. Hier beleuchtete es undeutlich einen langen Bart, einen Wollanzug, dort ein Frauenantlitz, einen Sattel, einen Hund, der neben dem Herd kauerte, eine Flinte, die an der Wand hing. Elias konnte nicht schlafen. Er glaubte den Atem Maddalenas zu spüren, die zwischen Zio Portolu und Zia Annedda lag; er verspürte immer noch ein verzweifeltes Verlangen nach ihr, unterdrückte es aber.

Nein, fürchte dich nicht, mein Bruder, wandte er sich im Geist an Pietro, auch wenn sie sich mir in die Arme würfe, würde ich sie zurückstoßen. Ich will sie nicht, sie gehört dir. Ja, wenn sie einem anderen gehörte, würde ich sie ihm wegnehmen, und brächten sie mich auch wieder an *jenen Ort*! Aber sie gehört dir, schlafe ruhig, mein Bruder. Ich werde mir auch eine Frau nehmen, bald, gleich. Ich werde Paska fragen, die Tochter des Priors.

Ach, ich bin doch ein rechter Narr, dachte er dann. Muß man denn heiraten? Muß man denn an Frauen denken? Man kann auch ohne Frauen leben. Habe ich denn nicht drei volle Jahre verlebt, ohne nur eine gesehen zu haben? Vielleicht habe ich mich deshalb, kaum zurückgekehrt, gleich in die erste, die ich sah, verliebt. Ein rechter

Narr bin ich. Lassen wir die Finger von den Frauen, sie machen ja doch nur Narren aus uns. Schlafen wir lieber.

Aber schlafen konnte er nicht, er wälzte sich auf seinem Lager hin und her. So verbrachte er fast die ganze Nacht und wachte auch mit den ersten auf. Durch das offene Fenster drang silbernes Licht und die tauige Frische der Morgendämmerung. Zia Annedda und Maddalena, noch ganz verschlafen, kochten schon Kaffee. Totenbleich, mit wirren Haaren und zugeschnürter Kehle erhob sich Elias.

»Guten Morgen«, sagte Maddalena und lächelte ihm zu. »Schaut, Zia Annedda, Euer Sohn sieht bleich wie Wachs aus. Gebt ihm nur gleich Kaffee.«

»Fühlst du dich schlecht, mein Sohn?«

»Ich glaube, ich habe mich erkältet«, sagte er heiser und räusperte sich. »Gebt mir zu trinken. Wo ist unser Krug?«

Er suchte, nahm den Krug und trank mit gierigen Zügen. Maddalena sah ihm zu und lachte.

»Warum lachst du?« fragte er und stellte den Krug ab. »Weil ich gleich nach dem Aufstehen trinke? Dann war ich eben gestern abend betrunken. Der Wein ist schließlich für uns Männer da!«

»Du bist gar kein Mann«, unterbrach ihn Zio Portolu, der schon Schnaps getrunken hatte, »du bist ein Quarkpüppchen. Ein Weib bläst dich ja um – pffft, da liegst du schon am Boden, tot, erledigt!«

»Ja, ja, so ist es«, antwortete Elias gekränkt, »ein Weib bläst mich um, und ich bin am Boden zerstört. Ach, wenn ihr mich doch in Frieden lassen wolltet!«

»Warum bist du nur so schlecht gelaunt!« rief Maddalena aus. »Wohl weil ich da bin?«

»Ja genau, weil du da bist!«

»Die Taube!« schrie Zio Portolu, die Arme weit öffnend. »Die Taube, die überall Freude verbreitet! Und mein scheeläugiger Sohn sagt, sie verderbe ihm die Laune. Geh, geh, geh, tu mir den Gefallen, geh weg, Teufelskerl! Wenn du schlechter Laune bist, geh weg und häng dich auf. Aber das weiß ich gewiß, du bringst deinem Vater niemals eine solche Rose wie diese da, die ihm Freude ins Haus trägt.«

Wie ein Stich ging es Elias bei diesen Worten durchs Herz; er dachte plötzlich wieder daran, daß in einigen Wochen Maddalena als Pietros Frau bei ihnen im Hause wohnen würde. Solche Qual sollte er aushalten! Nein, er würde sie nicht auf sich nehmen können.

»Trink Kaffee, mein Sohn«, sagte Zia Annedda, »da hast du einen Zwieback, sei lustig wie wir alle. Es kränkt den heiligen Franziskus, wenn wir an seinem Fest traurig sind.«

»Aber ich bin ja lustig, Mutter, lustig wie ein Vogel. Juchhe!« schrie er und wandte sich zum Herd des Priors. »Guten Morgen, schöne Paska!«

Weiter ereignete sich nichts Wichtiges mehr am Herd der Portolus, weder an diesem noch am nächsten Tag. Am Vorabend des Festes kamen viele Leute von Nuoro und den benachbarten Dorfschaften, besonders von Lula. Auf dem steilen Gebirgspfad, der von den leuchtenden Flekken der blühenden Ginsterbüsche umsäumt war, kamen lange Reihen von ein wenig sonderbar gekleideten Frauen herab, den Kopf übermäßig vergrößert durch eine Haube, die unter dem großen, mit Fransen besetzten Tuch getragen wurde, mit schweren, ganz kurzen Röcken aus Schafwolle und langen Rosenkränzen, die an einem eigenartigen Silberschmuck hingen.

Auch die Portolus hatten viele Gäste. Elias und Pietro wurden von den Burschen aus Nuoro, die zum Fest gekommen waren, ins Schlepptau genommen, und sie tranken bis zur Besinnungslosigkeit, sangen, tanzten und schrieen. Elias schien manchmal wie toll zu sein; er lachte, bis er violett im Gesicht wurde und ganz grüne Augen bekam, und stieß von Zeit zu Zeit sonderbare Freudenschreie aus, langgezogene Kehllaute, die wie Schlachtrufe eines wilden Kriegers klangen.

Maddalena, die an Zia Anneddas Seite die Mahlzeiten zubereitete und den Gästen Wein und Kaffee reichte, betrachtete ihn ab und zu verstohlen und murmelte:

»Zia Anné, Euer Sohn ist sehr lustig. Seht, wie rot er ist. Wie er lacht!«

Zia Annedda sah Elias an und seufzte; es gab ihr einen Stich ins Herz. Sobald sie einen Moment Zeit hatte, ging sie in die Kirche und betete: »Ach, mein lieber heiliger Franziskus, reiß mir doch diesen Dorn aus dem Herzen! Mein Sohn Elias gerät schon wieder auf Abwege. Er trinkt, er richtet sich zugrunde, er ist nicht mehr der alte. Bei seiner Rückkehr schien er so gut, und was versprach er mir nicht alles! Hab Mitleid mit uns, heiliger Franziskus! Mein kleiner heiliger Franziskus, führe ihn doch wieder auf den rechten Weg, bekehre du ihn, reiß ihn los vom Laster, von den falschen Freunden, von den Dingen dieser Welt. Heiliger Franziskus, o du mein heiliger Bruder, erweise mir diese Gnade!«

Der große, ernste, fast grimmige Heilige lauschte dem Flehen von der Höhe seines Altars herab, der plump mit flammenden Blumen aller Jahreszeiten verziert war. Es schien, als habe er Zia Anneddas Beten erhört, denn noch am selben Abend offenbarte Elias einen seiner geheimen Gedanken. Man sprach von Priester Porcheddu, einige tadelten ihn, andere verspotteten ihn.

Elias, der immer noch ein wenig betrunken war, verteidigte eifrig seinen Freund.

»Ja, bellt nur, ihr räudigen Hunde, beschimpft ihn nur, er pfeift auf euch, er hat das große Los gezogen! Ich will auch Priester werden!« Alle lachten.

Da sagte er: »Warum lacht ihr? Bettler, Hungerleider, räudige Hunde, Tiere, was anderes seid ihr gar nicht! Ich will Priester werden. Warum denn nicht? Lateinisch lesen kann ich schon. Wenn ihr Hungers sterbt, gebe ich euch die letzte Wegzehrung und lege euch ins Grab.«

»Auch mich, mein Bruder?« rief Pietro.

»Ja, auch dich.«

Und Maddalena: »Auch mich?«

»Ja, auch dich!« schrie Elias wütend. »Warum dich nicht? Weil du eine Frau bist? Für mich sind Männer und Frauen dasselbe, nein, die Frauen sind mir noch verächtlicher als die Männer!«

»Das gehört nicht zur Sache«, mischte Zio Portolu sich ein, der Elias mit großer Aufmerksamkeit zugehört hatte. »Sag mir das noch einmal. Du willst also Priester werden?«

»Scheint so!« schrie Elias und schenkte sich Wein ein. »Trinkt, trinkt, schenkt euch ein, saufen wir!«

Man füllte die Gläser.

»Sachte, sachte«, rief Zio Portolu in die allgemeine Lustigkeit hinein. »Reden wir erst mal vernünftig, bevor wir trinken ...«

»Wer nicht trinkt, ist kein rechter Mann, Vater!« sagte Pietro, den Grundsatz wiederholend, den er so oft von seinem Vater gehört hatte. Nun wurde dieser ernstlich böse und schrie noch heftiger: »Auch die Tiere nehmen Vernunft an, Teufelskerl! Und du, du ehre deinen Vater! Wären diese Freunde nicht da und diese Taube, würde ich dir soviel Ohrfeigen geben, wie du Haare auf dem Kopf hast!«

»Bum, bum! Aber Zio Portolu, das geht zu weit. Zu einem Bräutigam spricht man doch nicht so!«

»Maddalena, meine Liebe, ich sterbe, wenn du nicht kommst und mir beistehst!« schrie Pietro lachend.

»Täubchen, hilf ihm doch!« höhnte Zio Portolu. Dann wandte er sich von neuem an Elias und fragte, ob er denn wirklich im Ernst gesprochen habe. Elias trank, lachte, schrie, antwortete aber mit keiner Silbe, und die Ankündigung seines seltsamen Planes war unter der lärmenden Fröhlichkeit der Gäste schon verflogen.

Doch eine hatte diesen Plan mit bangem Herzklopfen vernommen: Zia Annedda. Sie schwieg, teils aus Zurückhaltung, teils auch, weil sie nicht alles verstanden hatte, doch sie blickte aufmerksam umher. Maddalena näherte sich manchmal ihrem Ohr und wiederholte ihr dieses oder jenes. Zia Annedda nickte dann mit dem Kopf und lächelte. Wenn Elias wirklich im Ernst gesprochen hätte! Wäre das möglich? Ein solches Wunder! Doch der heilige Franziskus konnte so manches Wunder vollbringen. Elias war noch jung, er konnte studieren. Warum sollte es ihm nicht glücken? Der Weg des Herrn, ja, das war der Weg für Elias. Wenn er in der Welt lebte, wäre er verloren. Sie wußte das, sie kannte ihren Sohn nur zu gut.

Sobald sie konnte, ging sie in die Kirche, um dem Heiligen für den Gedanken, den er ihrem Elias eingeflößt hatte, zu danken. Es war schon Nacht; die Lampen vor dem Altar flackerten, warfen Schatten und zitternde Lichter auf die verlassene Kirche. Der große, finstere Heilige schien inmitten seiner Blütenpracht zu schlafen. Zia Annedda kniete nieder, dann setzte sie sich im Hintergrund der Kirche hin und betete. Ihre Gedanken waren nur auf Elias gerichtet; sie sah ihn im Geist schon als Priester, sie sah ihn die Getreidegaben, die mit Blumen verzierten

Weinkrüge, die Kuchen und *Gattos** empfangen, die die Freunde dem neugeweihten Priester bringen würden.

Während sie so träumte und betete, sah sie Maddalena hereinkommen. Das junge Mädchen wollte sie holen, trat zu ihr und setzte sich neben sie.

»Ah, hier seid Ihr!« sagte sie. »Wir haben Euch schon gesucht, doch ich dachte mir sofort, daß Ihr hierhergegangen seid.«

»Gleich komme ich.«

»Ich bleibe auch noch ein wenig hier.«

Sie schwiegen. Vom Hof her kamen verworrene Geräusche; Lieder, schwermütige Weisen tönten durch die klare Nacht. Eine wohlklingende Tenorstimme sang in der Ferne, begleitet von einem Chor, der die Nuoresischen Lieder mitsang, traurig und eintönig. Und diese wehmütigen, klangvollen Lieder, die von der feierlichen Schwermut der Heide, der Nacht, der Einsamkeit durchdrungen schienen, stiegen empor, breiteten sich aus, übertönten das Lärmen der Menge und füllten die Luft mit Traumarabesken.

Maddalena lauschte; eine tiefe Traurigkeit hatte sie ergriffen. Kannte sie diese Stimme? War es Pietro? War es Elias? Sie wußte es nicht – sie wußte es nicht! Doch diese Stimme, dieser Chor, der in der Nacht verklang, weckte in ihr einen fast lustvollen Schmerz. Zia Annedda spann ihren Traum weiter, ohne zu merken, daß die neben ihr sitzende Maddalena zitterte und bebte, als wäre sie wirklich eine verliebte Taube.

Da wurde plötzlich der Gedankengang der beiden Frauen unterbrochen: ein Mann trat ein und näherte sich mit unsicheren Schritten dem Altar. Es war der Mann, der die

* Nuoreser Süßigkeiten aus Mandeln, Zucker und Honig.

Seele der beiden Frauen ausschließlich beschäftigte: Elias. Er kniete auf den Stufen des Altars nieder, die Mütze über die rechte Schulter geworfen, schlug sich heftig an die Brust, an die Stirn und seufzte unterdrückt. Das zuckende rötliche Lampenlicht beleuchtete ihn von oben und warf einen glänzenden Widerschein auf sein Haar. Er ahnte nicht, daß man ihn beobachtete, und fuhr fort, in schmerzlicher Inbrunst zu seufzen und sich an Brust und Stirn zu schlagen. Mit angehaltenem Atem beobachteten ihn die beiden Frauen, und Zia Annedda war über den großen Schmerz ihres Sohnes fast glücklich.

Er bereut es, soviel getrunken zu haben, dachte sie, und nun faßt er gute Vorsätze. Gelobt seist du, mein heiliger Franziskus, mein kleiner heiliger Franziskus! – »Komm, laß uns gehen, er könnte uns sehen, dann würde er sich schämen«, flüsterte Zia Annedda Maddalena zu und zog sie aus der Kirche.

»Was hat er nur?« fragte Maddalena verwirrt.

»Er bereut seine Ausschweifungen; er ist sehr fromm, mein Töchterchen.«

»Ah!«

»Manchmal ist er ein wenig hitzig, aber er ist ein gewissenhafter Mensch, mein Töchterchen. Sehr gewissenhaft.«

»Ah!«

»Ja, sehr gewissenhaft, mein Töchterchen. Er kann wohl mal in Versuchung kommen. Du weißt ja, wie der Teufel immer um uns auf der Lauer liegt, aber Elias weiß ihn zu bekämpfen; ehe er eine Todsünde beginge, würde er lieber sterben. In kleinen Sachen wie heute, da besiegt ihn wohl die Versuchung. Du hast ja gesehen, wie er sich betrunken und wie häßlich er gesprochen hat, aber dann bereut er es bitter.«

»Ah!« sagte Maddalena zum drittenmal. Warum, wußte sie nicht, aber sie fühlte, daß Tränen ihr in den Augen brannten.

Sie überquerten den Hof und traten wieder in die Cumbissia ein, wo Zio Portolu, Pietro und die Freunde auf der Erde um das Herdfeuer lagerten, spielten und sangen. Maddalena setzte sich ein wenig abseits ans Fenster in den Halbschatten; sie war ernst und noch zurückhaltender als gewöhnlich. Pietro trat zu ihr und betrachtete sie aufmerksam.

»Du bist so ernst, Maddalena«, sagte er zu ihr. »Warum? Hast du Elias gesehen? Hat er dir was gesagt?«

»Nein, ich habe ihn nicht gesehen.«

»Er ist verstimmt. Laß ihn reden, achte nicht darauf, er behandelt alle so.«

»Das macht mir doch nichts!« beteuerte sie heftig. »Er war ja auch nicht grob gegen mich.«

»Du bist ja auch verständig! Nicht wahr, du bist sehr verständig«, sagte Pietro zärtlich und legte ihr eine Hand auf die Schulter.

»Ach, laß mich doch!« sagte sie unwillig. »Geh doch und spiele.«

»Nein, ich bleibe hier, Maddalena.«

»Geh!«

»Nein!«

»Zio Portolu, sagt doch Eurem Sohn, daß er wieder spielen geht.«

»Pietro, mein Sohn, laß die Taube in Ruhe. Komm sofort hierher! Oder willst du lieber, daß ich zum Stock greife und mir Gehorsam verschaffe?«

Pietro ging an seinen Platz zurück.

»He, he, der alte Fuchs verschafft sich Gehorsam«, sagte irgend jemand.

Maddalena wandte sich nun ganz zum Fenster und blickte hinaus. Ihre Gedanken schweiften weit ab von der lärmenden Szene, der sie den Rücken gekehrt hatte, die schönen Augen waren wie in einem düsteren Traum verloren. Die Nacht war milde, wie verschleiert. Der Mond zog durch einen silbernen Dunst gen Süden; dem schwarzen Gebüsch der Heide, das sich als Schatten vom grauen Hintergrund abhob, entstiegen stärkere Düfte als sonst.

Maddalena dachte an Elias, und zum zweiten Mal tauchte seine Gestalt, wie durch ihre Gedanken unbewußt herbeigezwungen, vor ihr auf. Er ging unter dem Fenster vorbei und entfernte sich im dunstigen Mondschimmer. Wohin ging er? Wohin ging er nur? Maddalena spürte, wie ihr ein Strom von Tränen in die Augen stieg, ein Schauer rieselte ihr durch den Leib, ihre Kehle war wie zugeschnürt.

Sie hätte sich aus dem Fenster stürzen, hinter Elias herlaufen, ihn umschlingen mögen, ihn ersticken in ihrer Leidenschaft. Doch er verschwand in der Ferne, und sie schluckte verstohlen ihre Tränen hinunter.

Elias hatte sein Gelübde getan und im Geist zu seinem Bruder gesprochen: Schlafe ruhig, mein Bruder, sie ist dein, und wenn sie sich mir auch in die Arme würfe, ich würde sie zurückstoßen.

Nachdem der Weinrausch verflogen war, fühlte er sich stark, und nach der Krise, die ihn zu den Füßen des Heiligen hingezogen hatte, fast glücklich. Die verzweifelten Ideen, die in ihm gegärt hatten, durch den Wein und durch Maddalenas Blicke angeregt, und die ihm am Tag zu Kopf gestiegen waren, die Idee, Priester zu werden, die Idee, Paska zu heiraten, waren nun mit dem Rausch verflogen. Er war jetzt nicht nur ruhig, sondern auch ein wenig beschämt, während jenes trüben Tages so viel gedacht und geredet zu haben.

Er ging zu den Pferden, die im Mondlicht ruhig weideten, tränkte sie und kehrte dann zur Kirche zurück.

Morgen geht's nach Hause, dachte er, übermorgen fort zu den Schafen. Dann werde ich ganze Monate der Stadt fernbleiben, mit meinem Vater, mit Mattia, dem Einfaltspinsel, und den befreundeten Hirten zusammensein! Welch schönes Leben! Wenn ich da oben allein sein werde, werden diese Tage, diese Dummheiten mir wie ein Traum erscheinen. Ja, die Feste sind schön, und die Heiligen sind gut, aber der Wein, die Leute, die Freude erregen das Blut zu sehr, und wenn einer nicht vernünftig ist, sehr vernünftig, kann er große Fehler begehen und irgendeiner Anfechtung erliegen. Nun gut. Ich gehe jetzt und lege mich schlafen, denn in der vergangenen Nacht habe ich kein Auge zugetan, und dann morgen... fort... und übermorgen gehen wir weit, weit weg. Ah, Elias Portolu, du fürchtest dich wohl vor dir selber? ... Was sehe ich dort? Ein Mann schläft dort unter dem Gebüsch, nein, das ist kein Mann... was dann? Doch, es ist ein Mann... oh, Priester Porcheddu!

Verwundert beugte er sich nieder und schüttelte den Schlafenden.

»Heda, Priester Porcheddu! Was ist das? Warum liegt Ihr hier? Wißt Ihr nicht, daß die Luft Euch schaden könnte und daß es Schlangen und Insekten im Gras gibt?«

Nach langem, kräftigem Schütteln erwachte Priester Porcheddu ganz erschrocken und hatte erst Mühe, Elias wiederzuerkennen; mehrere Male öffnete er weit die Augen, endlich kam er zu sich und stand auf.

»Na, so was! Nach dem Abendessen bin ich ins Freie

gegangen – ich wollte mir noch ein wenig Bewegung machen –, nun scheint es, als sei ich hier eingeschlafen.«

»Ja, das scheint mir auch! Wenn ich Euch nicht zufällig hier gesehen hätte, wäret Ihr hier wer weiß wie lange gelegen, und wer weiß, welche Angst wir ausgestanden hätten, wenn Ihr nicht wiedergekommen wäret.«

»Mußt nicht glauben, daß ich zuviel getrunken habe, mein Lieber, nein. Ich bin ins Freie gegangen, und als ich den Mondschein sah, habe ich mich hier ein bißchen hingesetzt. Du weißt wohl nicht, daß ich einmal ein Dichter gewesen bin?«

»Oho!«

»Wollen wir uns hier noch ein wenig niedersetzen? Sieh nur, welch schöne Nacht. Ja, ich bin einmal ein Dichter gewesen; es ist auch ein Gedicht von mir gedruckt worden, aber weil in diesem Gedicht von Liebe gesprochen wurde, was tat da wohl der Bischof? Er ließ mir sagen, damit müsse ich aufhören, das wären keine Sachen für einen Priester.«

»Und Ihr, Priester Porcheddu?«

»Und ich, ich habe aufgehört. Mein Sohn, ich weiß, du hast mich für einen Narren gehalten ...«

»Priester Porcheddu!«

»... für einen Narren; aber ich bin ein Narr, der niemandem etwas zuleide tut, am wenigsten sich selbst. Ich habe immer verstanden zu leben, bin immer lustig gewesen, aber auch klug. Also damals habe ich das Dichten aufgesteckt, doch die Gewohnheit, dann und wann ein bißchen zu phantasieren, ist mir geblieben. Sieh nur, welch schöne Nacht, mein Sohn. Es ist eine von den Nächten, die zum Nachdenken anregen, die uns mahnen, das eigene Leben zu überdenken, unsere schlechten Taten zu bereuen und gute Vorsätze für die Zukunft zu fassen.

Du bist intelligent, Elias Portolu, du bist kein Hirte wie alle anderen, hast was gelernt und hast gelitten und kannst diese Dinge verstehen.«

»Das ist wahr«, sagte Elias mit tiefer Stimme.

Priester Porcheddu betrachtete, das Gesicht zum Himmel gewandt, den Mond. Auch Elias richtete die Augen nach oben; er fühlte sich seltsam ergriffen.

»Also, mein Sohn«, fuhr der andere fort, »du verstehst diese Dinge. Ich wußte ja, du bist intelligent, du betrachtest den Mond nicht nur, um die Zeit zu wissen, wie alle Hirten, sondern mit einem erhabenen, ernsten Gefühl.« Die letzten Worte verstand Elias nun allerdings gar nicht. »Du bist vielleicht auch ein wenig Dichter und könntest Liebeslieder machen ...«

»Das nicht, Priester Porcheddu.«

Der Priester schwieg eine Weile nachdenklich, ernst; dann murmelte er einen Vierzeiler im Dialekt. Es war eine ›Anrufung des Monats Mai‹.

»Maju, maju, bene eni,
Cun tottu sole e amore,
Cun sa parma e cun su fiore
E cun sa margaritina...«*

Elias betrachtete noch immer den Mond und fragte sich, ob es wohl gut gewesen wäre, ein Gedicht an ... Maddalena zu verfassen. Ach, da hatte er sich schon wieder vergessen, der Teufel wurde wieder Herr über ihn! Doch die Stimme des Priesters ertönte von neuem, ein wenig getragen, ein wenig zitternd, verhalten und doch volltö-

* Mai, Mai, komme fein,
Voller Sonne und Liebe,
Mit Palmzweig und Blume
Und Tausendschön ...

nend in jenem großen Schweigen der verschleierten Mondnacht, der menschenleeren, duftenden Heide.

»Du betrachtest den Mond, Elias Portolu. Du willst ein Gedicht machen... Siehst du wohl, daß ich es erraten habe. Du bist verliebt.«

»Priester Porcheddu!« sagte Elias erschrocken und ließ den Kopf sinken.

Er fühlte plötzlich, daß dieser Mann neben ihm sein schmerzliches Geheimnis kannte, und errötete vor Scham und vor Zorn. Er hätte sich auf den Priester Porcheddu stürzen und ihn erdrosseln mögen.

»Du bist in Maddalena verliebt. He, nicht rot werden, sei mir nicht böse, mein Sohn. Ich habe es erraten, aber du brauchst keine Angst zu haben, daß die anderen die Dinge verstehen wie Priester Porcheddu. Nun also, was ist denn daran Schlimmes? Sie ist eine Frau, und du bist ein Mann, und weil du ein Mann bist, bist du auch den menschlichen Leidenschaften ausgesetzt, den Versuchungen, würde Zia Annedda, deine Mutter, sagen. Kein Grund, sich zu schämen, mein Sohn, nur wenn du nicht dagegen ankämpfen kannst, mußt du dich schämen. Doch du wirst es schaffen. Maddalena...«

»Sprecht leise...«, sagte Elias.

»Maddalena ist für dich etwas Heiliges. Schau sie an, wie du eine Heilige anschaust. Hast du verstanden?«

»Ich... ich habe verstanden...«, murmelte Elias.

»Bravo, du hast also verstanden. Ich habe ja gesagt, daß du intelligent bist! Weißt du, warum Gott Tag und Nacht geschaffen hat? Er hat den Tag geschaffen, um dem Teufel die Gelegenheit zu geben, gegen uns zu kämpfen, und die Nacht hat er gemacht, damit wir uns sammeln und die Versuchungen besiegen können. Dafür sind Nächte wie die heutige wie geschaffen, weil wir in so ruhigen Nächten, in der Stille besonders daran denken müssen, daß unser Leben kurz ist, daß der Tod kommt, wenn wir am wenigsten daran denken, und daß wir von unserem ganzen Leben nur unsere guten Werke, die erfüllte Pflicht und die überwundenen Versuchungen vor den Herrn bringen können.«

»Und was ist mit der Dichtkunst?« fragte Elias mit einem dünnen Lächeln. Es schien ihm Spaß zu machen, den Priester bei einem Widerspruch zu ertappen, aber seine Stimme bebte.

»Die wahre Poesie ist die Stimme des Gewissens, wenn es uns sagt, daß wir unsere Pflicht getan haben. Na, was meinst du dazu, Elias Portolu?«

»Ich meine, daß das wahr ist.«

»Bravo. Dann können wir also nach Hause gehen. Es wird allmählich feucht, und du hast mir gesagt, daß es hier Schlangen gibt. He, gib mir deine Hand, hilf mir beim Aufstehen ... He, ich kann nicht mehr so springen wie du mit deinen zwanzig Jahren. Bravo, ich danke dir. Jetzt stütze mich. Was hältst du wohl von Priester Porcheddu?« fragte er dann und nahm Elias' Arm. »Er ist ein rechter Narr, kommt wohl einmal spät nach Hause, trinkt, singt, wirft sein Brot den Hunden vor, aber schlecht ist er nicht. Das Gewissen, vor allen Dingen das Gewissen. Elias Portolu, denke an dein Gewissen! Ah, was sehe ich da? Etwas Schwarzes, sieh nur. Ist das eine Schlange?«

»Nein, es ist ein Ast.«

»Wenn man uns so zurückkehren sieht, wird man mich für betrunken halten. Aber das ist mir ganz gleich, weil ich nicht betrunken bin. Oder glaubst du, daß ich es bin?«

»O nein!« rief Elias heftig aus.

»Gut, du wirst also immer an meine Worte denken!«

»Ich werde immer daran denken.«

»Ich habe deine Familie sehr gern«, begann der Priester von neuem, aber sofort bereute er seine Worte, wechselte geschickt das Thema, und während der ganzen Stunde, die er noch mit Elias allein blieb, kam er nicht mehr darauf zu sprechen.

Der Name Maddalena fiel nicht mehr, aber Elias war von jetzt an ein anderer, er fühlte sich stark, ruhig, fast kalt und war entschlossen, energisch gegen sich selbst zu kämpfen. Am nächsten Vormittag sollte der Aufbruch sein. Der alte Prior hatte schon das Banner, den Heiligenschrein und die Schlüssel dem neuen Prior übergeben, der am Tag zuvor durchs Los gewählt worden war. Die Priorin hatte das Brot und die übriggebliebenen Vorräte sowie den letzten Kessel *Filindeu** unter die Familien der großen Cumbissia verteilt. Schon im Morgengrauen begannen die Vorbereitungen für die Abfahrt: die Karren wurden beladen, die Pferde gesattelt, die Säcke gefüllt. Man fuhr nach der Messe ab, und der neue Prior verschloß das Tor. Nun lagen die Zellen, die Kirche, die Heide wieder verlassen vor dem blauen Hintergrund der einsamen Berge.

Lebwohl. Die Ohreule nimmt ihren langgezogenen, eintönigen Ruf wieder auf, der in dem unendlichen Schweigen der Macchia widerhallt. In den Nächten, die nach Mastix duften, und an den langen, lichtvollen Tagen ist sie die Königin der Einsamkeit, ihr melancholischer Ruf klingt wie die traumverlorene Stimme der Landschaft. Lebwohl. Die Pferde traben, galoppieren; es geht auf und ab durch die grünen Talmulden der Berge. Die gute und stolze Sippe der »Verwandten« und der Verehrer des heiligen Franziskus kehrt in ihre kleine

* Eine dicke Suppe, die man kalt essen kann.

hinter den grünen Abhängen der Orthobene zurück, an ihre Arbeit, zu ihren Schafherden, zu ihren Saaten, ins harte Leben. Das Fest ist vorüber.

Zio Portolu nahm Zia Annedda mit aufs Pferd, Pietro seine Braut. Diesmal ritt Elias mit an der Spitze des Zuges. Auch er jagte oft mit bebenden Nasenflügeln und glühenden Augen dahin, wie berauscht vom lauen, dufterfüllten Wind, der durch die blühende Macchia blies und ihm mit wilden Liebkosungen über das Gesicht strich. Aber er blieb ernst, er sang nicht, er schrie nicht wie die anderen; er sah nicht einmal Paska an, die Tochter des Expriors, an deren Seite er oft ritt. Sie warf ihm manchen zärtlichen, wenn auch schüchternen Blick zu, doch er dachte: Soll ich jemanden täuschen, und nun gar ein unschuldiges Mädchen? Nein, ich darf niemandem etwas vormachen, am wenigsten mir selber.

Er dachte wieder an die Worte des Priesters und an die guten Vorsätze, die er in der letzten Nacht gefaßt hatte; darum achtete er nicht auf Paska, mied Maddalena und floh unbewußt vor sich selbst, wenn er sich wie ein Kind am Galopp, am Dahinjagen seines flinken Pferdes berauschte.

Zio Portolu und Zia Annedda saßen auf der Stute, die von dem Füllen begleitet wurde; Pietro und Maddalena hatten ein langsames, sehr mageres, kraftloses Pferd. Sie waren daher die allerletzten, und Zio Portolu gab scharf acht auf sie. Gegen Mittag kam man im Tal der Isalle an. Zwischen Felsblöcken, die mit blühendem Moos bedeckt waren, am Ufer des Baches, unter einer Gruppe hoher Bäume machte man nach altem Brauch Rast. Das Lager wurde schnell errichtet, schon flackerten die Feuer, drehten sich die Spieße, war die Mahlzeit angerichtet. Es war ein herrlicher Mittag. Hohe Oleanderbüsche säumten den

Bach, durch keinen Lufthauch bewegt; im Hintergrund des Tales sah man die Saaten in der Sonne schimmern. Der Schrein des kleinen Heiligen wurde auf ein ausgebreitetes Tuch gestellt, und nach dem Essen sammelten sich die Männer und Frauen um ihn, knieten nieder, küßten ihn und legten Gaben hinein. Pietro kam mit Maddalena; mehr um von ihr gesehen zu werden als aus Frömmigkeit legte er eine sehr große Gabe in den Schrein; dann kam Zia Annedda, dann Elias, der ein wenig länger verweilte und seine flehenden Augen auf den kleinen Heiligen richtete. Ach, er fühlte sich von neuem verwirrt – die Hitze, die dumpfe Mittagsglut, der Wein, Maddalenas Gegenwart quälten ihn grausam. Doch der kleine Heilige erhörte sein Gebet und gab ihm den Mut, sich zu entfernen und sich am Ufer des Baches unter die Oleanderbüsche zu legen, allein – allein und gewappnet gegen die Versuchung.

Im Lager plauderten die Frauen, tranken Kaffee und machten sich für die Weiterreise bereit, während die Männer sangen oder nach der Scheibe schossen. Elias hörte die Schüsse donnern, durchs Tal rollen, in der grünen Ferne widerhallen und, vom Echo zurückgeworfen, wiederkehren, er hörte ferne Stimmen, die in der Mittagsruhe verklangen, das Zwitschern eines Finken, das Murmeln des Baches, und seine Sinne wurden in der ersten Süße des Schlafes ruhiger. Da erschien ihm eine Traumgestalt. Es war Maddalena, die herabstieg, um sich zu waschen. Es störte sie gar nicht, ihn da liegen zu sehen, im Gegenteil, sie kam näher, sie beugte sich über ihn... Ach, zuviel, zuviel! Ihre Augen verzauberten ihn, ihre glühenden, verhängnisvollen Augen. Sein Gelübde fiel ihm ein: Pietro, mein Bruder, auch wenn sie käme und sich mir in die Arme würfe, würde ich sie zurückstoßen...! Er fühlte einen wahnsinnigen Schmerz, der ihn zu ersticken drohte und blind machte, er hätte fliehen mögen und konnte sich doch nicht bewegen. Sie blieb neben ihm, und ihre halbgeschlossenen Augen glühten unter den breiten Lidern, ihre Lippen, ihre Zähne brachten ihn um den Verstand.

»Maddalena, Geliebte«, murmelte er, aber sofort besann er sich und stöhnte vor Leidenschaft und Schmerz. »Pietro, mein Bruder! Ach Pietro, mein Bruder...«

Als er bebend erwachte, war er allein. Das Wasser plätscherte, und die Vögel zwitscherten, aber man hörte weder Stimmen noch Schüsse mehr. Er stand auf. Wie lange hatte er geschlafen? Er sah nach dem Stand der Sonne: sie neigte sich schon. Alle waren fort, nur zwei Hirten waren zurückgeblieben, um auf sein Pferd aufzupassen. Man hatte ihnen die Reste des Essens gelassen im Austausch für die Milch, die sie gegeben hatten. Elias dankte ihnen und ritt fort. Sein Pferd flog. Die Bewegung und der Wunsch, die Kameraden bald einzuholen, zerstreuten die heiße, schmerzliche Wirkung des Traumes. Nachdem er fast eine Stunde geritten war, sah er Zio Portolu und Zia Annedda, Pietro und Maddalena auf ihren Pferden oben auf dem Gipfel eines Hügels stehen. Warteten sie vielleicht auf ihn? Die anderen waren schon weit voran.

»Was ist?« rief er von unten.

»Der Teufel soll dich holen!« schrie Zio Portolu. »Wo steckst du denn? Gib das Pferd deinem Bruder, seines kann nicht weiter!«

»Nein, mein Pferd gebe ich ihm nicht.«

»Elias, mein Sohn, gehorche deinem Vater«, ermahnte Zia Annedda.

»Nein«, erwiderte Elias aufgebracht. »Wie einen Esel habt ihr mich da unten allein gelassen. Nein, ich geb's ihm nicht.«

»Nun gut, dann nimm du ein Weilchen Maddalena, denn so kommen wir nicht weiter«, sagte Pietro.

Ach, Pietro, was sagst du da! schrie es in Elias. Hätte er doch sein Pferd dem Bruder gegeben! Doch jetzt konnte er nicht mehr zurück, und im Innersten konnte er auch eine heimliche Freude nicht unterdrücken.

Als er beim Abstieg den weichen Busen Maddalenas spürte, der sich – ein wenig zu sehr – halb unbewußt an seinen Rücken schmiegte, und ihren Arm – ein wenig zu fest – um seine Hüfte fühlte, erinnerte Elias, der an Träume glaubte, sich des seinen und blieb auf der Hut.

Von dem kräftigen Pferd getragen, fanden sie sich in Wegbiegungen und an Steigungen oder in Hohlwegen, die mit blühendem Gebüsch bedeckt waren, manchmal ganz allein, schweigsam, eng aneinandergedrückt, ganz versunken in ihre traurige Liebe. Dann kam ein Augenblick, wo Maddalenas schwache und leidenschaftliche Natur nicht mehr an sich halten konnte.

»Elias«, sagte sie mit einer Stimme, die ein wenig bebte, »es tut mir leid, wenn ich dir lästig bin.«

»Oh!« sagte er und schüttelte den Kopf.

»Nächstes Jahr wirst du wohl deine Braut auf dem Pferd haben ...«

»Meine Braut?«

»Ja, Paska. Dann wirst du glücklich sein!«

»Und du, wirst du nicht glücklich sein?«

»Oh, ich, ich werde tot sein ...«

»Tot! ... Maddalena!«

»Ja, tot ... für das Leben ... für die Liebe, meine ich ...«

Nicht nur ihre Stimme zitterte, sondern auch ihr Arm, den sie um ihn gelegt hatte, ihre ganze Gestalt, die hingebungsvoll an seinem Rücken lehnte. Auch er bebte wie eine zersprungene Saite, und ein Schatten legte sich vor seine Augen; es war dieselbe Angst, derselbe Taumel wie in seinem Traum.

»Maddalena ...«, murmelte er und drückte ihre Hand, dann aber machte er sich steif und sagte mit lauter Stimme: »Ich dachte, du fällst. Bleib aufrecht, damit du nicht aus dem Gleichgewicht kommst!«

Eindringlich klangen in ihm die Worte des Priesters nach, und sein Gelübde ging ihm nicht aus dem Kopf: Sei ruhig, Pietro, mein Bruder, auch wenn sie sich mir in die Arme würfe, würde ich sie zurückstoßen.

Nuoro war nahe; dort oben hinter dem Rand des Tals, der von der untergehenden Sonne beleuchtet war, lag es. Die Karawane machte oben auf der Anhöhe halt, auf den müden, schweißtriefenden Pferden, die vor dem goldenen Himmelsgrund glänzten. Man wartete, bis alle beisammen waren, um gemeinsam ins Dorf einzuziehen und zu Pferd dreimal um das Kirchlein zum Rosenkranz zu reiten, dessen Glöckchen ihnen schon von weitem silberhell entgegenklang, die Rückkehr seines kleinen Heiligen zu begrüßen.

Viertes Kapitel

Endlich ist Elias in der unbegrenzten Einsamkeit der Tanka, die nur dann und wann durch einen Ruf, den Pfiff eines Hirten, das Bimmeln und Blöken der Schafe belebt wird. Dichte Korkeichenwälder zeichnen sich am Horizont ab und beschließen den heiteren Himmel im Hintergrund. Die Tanka der Portolus war schon seit Jahren entwaldet und lag nun offen, der Sonne ausgesetzt, in ihrer ganzen Weite da. Nur vereinzelt ragte noch eine Korkeiche aus dem Grün des Grases, der Macchia, der Brombeeren. An den sumpfigen Stellen war die Vegetation weich und zart, und es duftete nach Minze und Thymian. Nun, am Ende des Frühlings, prangten die Weiden in einem leuchtenden, goldenen Grün, Brombeeren streuten ihre wilden Rosen darauf, Disteln öffneten ihre goldenen und violetten Blüten. Nur unter den Bäumen und an den sumpfigen Plätzen blieb das Gras immer frisch und grün. Obwohl die Tanka eben und unbewaldet war, bot sie doch Schlupfwinkel: Felsblöcke und Buschwerk. Bäche rieselten da und dort durch das dichte Holundergebüsch, in das kaum ein Sonnenstrahl drang, und bildeten kleine grüne, geheimnisvoll schillernde Seen, die von Felsblöcken umgeben und unterbrochen waren, an denen sich gluckernd das Wasser brach. Längs der Ufer hielten sich die Pflanzen lange Zeit frisch und zart, und der Duft der Binsen und der Minze wurde in der Nacht fast aufreizend stark. In der Tanka weidete die recht zahlreiche Herde der Portolus. Die Schafe waren durch die lange, zottige Wolle ganz dick, die Lämmer schon groß und stark. In zwei oder drei Tagen wollte man die Herde scheren. An diesem einsamen Ort voll wilder Schönheit fühlte Elias sich körperlich wohl; hier war er aufgewachsen, hier hatte er seine erste Jugend verbracht; Tag für Tag suchte er nun die bekannten Schlupfwinkel der Tanka auf.

Die beiden Hunde – der eine war groß und schwarz, hatte grimmige Augen und sonnte sich in olympischer Ruhe unter dem Baum, an den er gekettet war, der kleinere hatte borstiges, rötliches Fell wie ein Ferkelchen – hatten Elias wiedererkannt, und er hatte fast geweint, als er sie streichelte.

Außer den Hunden war noch ein zahmes, schlaues Ferkel da mit kleinen, munteren und zärtlichen Äuglein, die fast menschlich wirkten, ein großer schwarzer Kater und ein hübsches weißes Böcklein, das den Schafen als Leithammel diente und ihnen lustig voransprang, wenn ein schwieriger Übergang zu bewältigen oder der Bach zu durchwaten war. Weidete dieses Böcklein nicht gerade, so war es an Mattias Seite, folgte ihm auf Schritt und Tritt, lief ihm nach, sprang an ihm empor und ging ihm um den Bart. Es war ein entzückendes Tierchen; es lief in die Hütte, spielte mit dem kleinen Hund und dem Ferkel, ärgerte den Kater und schlief zu Mattias Füßen.

Das Leben bei Portolus Schafen verlief harmlos und einfach, nur benachbarte Hirten und hin und wieder ein Wanderer sprachen bei ihnen vor. Zweifelhaftes Gesindel oder Flüchtlinge verkehrten dort nicht; Zio Portolu war ein ehrbarer, energischer Mann, Mattia ein bißchen einfältig, und Elias hatte keine Lust, die alten Beziehungen wiederaufzunehmen oder neue anzuknüpfen. Er suchte jetzt die Einsamkeit. In den ersten Tagen, die er hier verlebte, mied er sogar oft die Gesellschaft der Seinen, wenn er nicht gebraucht wurde. Er ging hierhin und dorthin, suchte die Plätze auf, die ihn an seine Kindheit erinnerten, und war dabei oft bewegt. Schnell fühlte er sich nun durch vielerlei ergriffen, doch nach der ersten instinktiven Seelenregung ärgerte er sich über das, was er für seine Schwäche hielt, um so mehr, als sein Bruder und besonders Zio Portolu ihn auslachten, sobald sie es bemerkten.

»Ha, ha, was bist du denn für einer?« fragte Zio Portolu ihn dann. »Eine Quarkpuppe bist du geworden, mein Sohn Elias. Siehst du, bei jeder Kleinigkeit wirst du blaß wie ein Frauenzimmer. Männer müssen wir sein, Männer, Löwen. Nicht rührselig werden, die Farbe wechseln, nicht weinen! Was ist ein Mann, der weint? Ein Esel. Schau deinen Bruder Mattia an! Er ist nicht gerade ein Adler, er wundert sich über alles, aber die Farbe wechselt er nicht, und sein Staunen ist manchmal nur Schlauheit. Ha, du, stiere ihn nicht so an, er ist viel gewitzter als du!«

Nach solchen kleinen Predigten, die sich oft wiederholten, nahm Elias sich vor, auch schlau und stark zu sein; doch gewisse Gedanken, gewisse Erinnerungen und Empfindungen überkamen ihn dann wieder so plötzlich, daß er nicht mehr Herr seiner selbst war und wieder weich wurde; dann wurde er wütend und schämte sich.

Er hatte alle Bücher, die er besaß, mitgenommen. Es war nicht gerade eine große Sammlung, nur das Buch der Karwoche, einige religiöse Büchlein, die man ihm an *jenem Ort* gegeben hatte, die ›Schlacht von Benevent‹, kleine Bändchen mit sardischen Gedichten und ein altes illustriertes Pflanzenbuch. Er versteckte sie in einem sicheren, geschützten Winkel unter einem Felsen im Holundergebüsch, seinem Lieblingsplatz.

Auch Zio Portolu und Mattia – der lesen konnte – besaßen Bücher, ›I Reali di Francia‹, ›Guerino, der Elende genannt‹ und die ›Fioretti‹ des heiligen Franziskus. Wie oft hatte Mattia sie gelesen, für sich, seinen Vater oder die befreundeten Hirten! Und diese starken Männer, die sich von nichts rühren lassen wollten, wurden beim Lesen oder Hören von Guerinos Abenteuern oder der ›Fioretti‹ ergriffen wie Kinder.

Am meisten liebte Elias immer noch das Buch der Karwoche; er kannte die Evangelien schon auswendig, konnte sie sogar beinahe fließend lateinisch lesen. Er ging damit in das Holunderwäldchen, setzte sich in den Schatten duftender Binsen neben das plätschernde Bächlein und las das Wort Gottes. Zu dieser Stunde war die Arbeit bei der Herde getan. Mattia trabte auf der Stute, gefolgt vom Füllen, den mit frischem Käse gefüllten Sack hinter sich, gen Nuoro, und Zio Portolu saß auf der Schwelle der Hütte, schnitzte geduldig an einem Kürbis, auf den er ein Abenteuer des ›Guerino‹ gezeichnet hatte, murmelte dabei in den Bart und sprach mit Kürbis, Federmesser, Fingern und Tinte, die er dazu benutzte. In dem kühlen Schatten der Büsche ruhte die Herde, und auch Ferkel, Böcklein, Kater und Hunde schliefen. Die Tanka lag müde in der Sonnenglut, unter dem metallischen Glanz eines Himmels, der grau am Horizont abschloß; nicht ein Blatt rührte sich.

Elias las wieder und wieder in seinem Buch, vom Murmeln des Baches eingelullt, aber in diesem tiefen Frieden war sein Herz nicht ruhig. Oft, mitten in einem Vers, schoß ihm eine Erinnerung durch den Kopf, die seine ganze Aufmerksamkeit fesselte, und diese Erinnerung war nicht gut, ach nein – sie war nicht gut!

Manchmal schlief er so in der tiefen Stille des Mittags ein, und unfehlbar erschien ihm dann im Traum Maddalena. Immer waren es Träume, die ihn beunruhigten, die ihn schmerzlich erregten und ihn für den ganzen übrigen Tag verstimmten. Er hatte gehofft, sich in der Einsamkeit der Tanka zu beruhigen, Maddalena zu vergessen. Doch die Erinnerung an die beim heiligen Franziskus verlebten Tage, seinen Traum am Ufer der Isalle, den verhängnisvollen Heimritt war noch zu frisch. Seine Leidenschaft war entflammt, und der Wille allein genügte nicht, diese Glut zu dämpfen: die Einsamkeit, die wiedererwachenden körperlichen Kräfte fachten sie an.

Vor allem aber wurde die Leidenschaft durch die immer wiederkehrende, unauslöschliche Erinnerung an den Heimritt genährt, und in seinen Träumen wurde diese Szene immer wieder lebendig. Seine Schultern, seine Hüfte und seine Hand bewahrten die Erinnerung an Maddalenas Körper, ihre Hand, er dachte an ihre Worte, und sein Geist verlor sich in einen Taumel von Lust und Angst.

Er war wütend gegen sich selbst, aber bezwingen konnte er sich nicht. Manchmal sprachen seine Lippen das Gelübde, doch gleichzeitig verloren sich seine Gedanken an die Erinnerung; dann überhäufte er sich mit Schimpfworten – am liebsten hätte er sich schlagen, sich züchtigen mögen –, aber sich zu besiegen war ihm unmöglich.

Mein Vater hat recht, dachte er, ich bin eine Quarkpuppe, ein Esel, ein Dummkopf. Was brauche ich an Frauen zu denken, und nun gar an die Frau, die ich nicht einmal ansehen darf? Kann man nicht ohne sie leben? Männer müssen wir sein, Männer, Löwen, und ich bin ein Lamm, ein verrücktes Schaf. Aber was kann ich dagegen tun? Ich habe mich nicht so geschaffen. Wenn ich mich selbst gemacht hätte, würde ich mir ein Herz aus Stein gegeben haben. Doch wer weiß, vielleicht vergeht mit der Zeit dieser Wahn.

So dachte er, aber er fand keinen Trost, er wußte nur zu gut, daß dieser Wahn nicht so bald enden würde.

Unterdessen wuchs der heftige Wunsch, Maddalena wiederzusehen, von Tag zu Tag in seinem Herzen; doch zumindest darin blieb er seinen Vorsätzen treu. Und nicht nur dies; er hatte sogar Angst vor dem Tag, wo sie mit Pietro und Zia Annedda zur Schafschur kommen würde; und doch zählte er die Stunden, die ihn von diesem Tag trennten, und in die Angst mischte sich eine bebende Freude, als er näherrückte.

Am Vorabend der Schafschur war er beschäftigt, ein Loch in der Mauer der Tanka zu schließen. Hinter dieser Mauer dehnte sich der Wald aus, der von Zio Martinu Monne, dem »Waldvater« bewacht wurde. Wo war nur Zio Martinu? Elias hatte ihn noch nicht wiedergesehen, obwohl er ihn schon einige Male gesucht hatte.

Da trat der Mann plötzlich aus dem Wald heraus und kam an die Mauer. Er war ein riesenhafter Alter, stark noch und aufrecht, mit langem gelblichem Haar und einem dichten grauen Bart. Sein runzliges Gesicht schien mit seinen harten Falten wie aus Bronze gegossen. Majestätisch stand er da; in dem dunklen Rock, über dem er eine ärmellose Jacke aus gefettetem Leder trug, sah er aus wie ein Mensch der Vorzeit. Elias stieß Freudenschreie aus, sprang über die Mauer und reichte dem Alten die Hand.

»Gottlob, daß ich Euch endlich sehe, Zio Martinu! Zweimal habe ich Euch schon besuchen wollen. Nun, wie geht's?«

»Willkommen! Unter hundert Jahren nicht wieder solch Unglück! Wie geht's dir denn, Elias? Mir geht es gut. Ich mußte für einige Tage fort«, antwortete Zio Martinu ruhig, mit kraftvoller Stimme und sehr langsamer Aussprache. Sie setzten sich auf die Mauer, sprachen lange miteinander und erzählten sich vielerlei.

»Gleich am ersten Tag«, sagte Elias dann, »habe ich von Euch geträumt. Ich war zu Hause im Hof, ich war müde, hatte ein bißchen viel getrunken und schlief ein. Da träumte ich von Euch. Wir saßen zusammen, so wie jetzt, ganz dicht bei dieser Mauer. Wie doch Träume Wahrheit werden!«

»Hoho!« meinte der andere ungerührt.

Elias erzählte ihm seinen Traum nicht genauer, sondern fragte nur: »Glaubt Ihr an Träume?«

»Was willst du! In Wirklichkeit werden Träume nicht wahr. Oft jedoch sehen wir etwas voraus, denken immer daran, und dann träumen wir davon. Geschieht es schließlich, dann scheint es uns, als wäre der Traum Wirklichkeit geworden, während doch nur einfach etwas gekommen ist, was kommen mußte.«

Von neuem bewunderte Elias die Weisheit des Waldvaters, aber er schüttelte den Kopf. Er dachte an den Traum am Ufer der Isalle. Hatte er denn die folgende Unterredung mit Maddalena vorhergesehen oder herbeigesehnt? Nein, wohl nicht.

»Morgen«, sagte er nach einer Weile, »morgen scheren wir die Schafe, Zio Martinu. Nicht wahr, Ihr werdet zu uns kommen? Meine Mutter, mein Bruder Pietro und seine Braut kommen auch.«

»Ja, richtig, ich habe gehört, daß dein Bruder verlobt ist. Ist es ein gutes Mädchen?«

»Ja, scheint so; jedenfalls ist sie schön.«

»Ach, das genügt nicht. Bilder sind schön, man hängt sie zum Schmuck an die Wand. Doch eine Frau muß gut sein, sie muß ihren Mann lieben und darf sich um keinen anderen Mann auf der Welt kümmern.«

Elias wurde nachdenklich und antwortete nicht. Es war spät geworden, es dämmerte schon, und der Wald lag still in der feierlichen Abendruhe; es war Zeit, zur Hütte zurückzukehren.

»Ihr kommt also, Zio Martinu? Wir erwarten Euch. Ihr dürft nicht fehlen.«

»Ich komme.«

»Gut, aber haltet auch Wort!« rief Elias ihm zu, als er über die Mauer sprang.

»Ich habe immer Wort gehalten, Elias Portolu. Grüße deinen Vater von mir.«

»Schön, guten Abend.«

»Guten Abend.«

Und der Waldvater kam, er kam sogar sehr zeitig und half den Hirten bei den Vorbereitungen zu dem ländlichen Fest. Im Osten glühte ein orangerotes Morgenrot und legte seinen rosigen Glanz auf das Gras und auf die Steine der Tanka; im Westen hob sich der stille Wald vom schiefergrauen Himmel ab.

Zio Portolu brachte einen Stein zum Glühen, um Dickmilch zu bereiten. Elias und Zio Martinu schlachteten ein Lamm, das groß wie ein Schaf war, zogen ihm das Fell ab, teilten es und nahmen die dampfenden Eingeweide heraus.

Bald nach Sonnenaufgang kam Pietro mit den Frauen an. Sie kamen langsam auf einem Karren gefahren, den Pietro lenkte. Niemand ging ihnen entgegen, doch Elias fühlte sein Herz heftig klopfen. Maddalena stieg behende als erste aus, schüttelte die Kleider zurecht und half ihrer Mutter und Zia Annedda beim Absteigen.

Während Pietro den Wagen entlud – Zia Annedda hatte frisches Brot und Wein in Fülle mitgebracht –, gingen die Frauen zur Hütte. Maddalena war blühender, anmutiger denn je; das schneeweiße Hemd, bestickt und gestärkt, der Rock von dunklem Kattun mit hellblauem Saum hoben die schön geformte Gestalt vorteilhaft hervor.

Kaum hatte Elias sie gesehen, so stand er wie gebannt unter der Herrschaft ihrer glühenden Augen; er fühlte, daß er verloren war. Doch in dem Taumel von Angst und Freude hatte er noch die Kraft zu denken: Ich darf nicht mit ihr allein bleiben, sonst bin ich ganz und gar verloren. Ich muß mich irgend jemandem anvertrauen, der mir überallhin folgt und mich nicht mit ihr allein läßt, unter keinen Umständen. Ach, ich habe Angst vor mir selbst! Wem soll ich es nur sagen? Der Mutter, dem Vater? Nein, das ist unmöglich. Und Mattia? Er würde es nicht verstehen. Ah, Zio Martinu!

Er atmete auf. Zio Martinu hatte unterdessen feierlich, von oben herab, die Braut gemustert, während Zio Portolu sie alle mit seinem gezwungenen, scharfen Lachen einander vorstellte.

»Ha, ha, sieh mal, alter Keiler, da ist Pietros Braut. Sie heißt Maddalena, sie kann spinnen und nähen, und niemand kann ihr nur das Geringste nachsagen. Schau sie nur an, die weiße Taube. Merkst du nicht, daß sie wie eine Rose duftet? Und das da ist Arrita Scada, die alte Taube. Siehst du sie, Martinu Monne?«

»Ich sehe sie.«

»Guten Tag«, sagte Zia Annedda und wandte sich neugierig an den Alten. »Ihr seid aus Orune, nicht wahr? Und lebt in der Tanka eines gewissen Soundso?«

»Ich bin aus Orune und lebe in der Tanka eines gewissen Soundso.«

»Reden könnt ihr nachher!« schrie Zio Portolu dazwischen. »Jetzt wollen wir erst mal die Dickmilch verzehren. Kommt, kommt schnell.«

»Die Sonne ist kaum aufgegangen, das ist doch noch keine Zeit, um Dickmilch zu trinken«, sagte Maddalena lachend.

»Mein Kind«, antwortete Zia Arrita belehrend, »man muß essen und trinken, wenn man dazu aufgefordert wird; es ist ganz einerlei, ob die Sonne hoch oder niedrig steht.«

»He, he, Martinu Monne, hörst du die alte Taube? Habe ich dir nicht gesagt, daß sie weise wie Wasser ist?«

Sie traten nun in die Hütte, wo Mattia mit dem Böcklein auf der einen und dem Kater auf der anderen Seite saß. Auch Pietro kam hinzu, und die kleine Gesellschaft war beisammen. Die Frauen saßen auf Schemeln aus Korkeichenholz; Elias, der schweigsam, aber nicht traurig war, verteilte die aus Schafhufen geschnitzten Löffel, und Zio Portolu entkorkte die Flaschen mit der Dickmilch. Zio Martinu beherrschte die Szene; unausgesetzt betrachtete er Maddalena. Sie ließen es sich gut schmecken, die Dickmilch war köstlich. Zio Portolu wäre beleidigt gewesen, wenn die Gäste die Korkflaschen nicht bis auf den letzten Tropfen geleert hätten.

Sofort nach dem Frühstück begann das Scheren. Man packte die Schafe, band sie und legte sie aufs Gras, ohne daß die Tiere den geringsten Widerstand leisteten, und geschickt schnitten Mattia und Elias mit mächtigen Scheren die Wolle ab. Die zottige, schmutzige Wolle lag in großen Haufen auf der Erde herum, und die Schafe kehrten, von der Fessel befreit, friedlich und merklich verkleinert zur Weide zurück.

Die Frauen trafen in gewohnter Weise die Vorbereitungen zum Mittagessen, das Braten des Lammes überließen sie Zio Portolu. Maddalenas Augen folgten, wie von einem Magnet angezogen, beharrlich Elias; jedesmal, wenn er die seinen hob, begegnete er den ihren, die ihn bezaubern zu wollen schienen. Da fanden die beiden sich plötzlich allein; Pietro war in die Hütte gegangen, Mattia verfolgte ein Schaf, das widerspenstiger war als die anderen, und der Waldvater wollte ihm helfen.

Bestürzung, Angst und unsagbare Freude ergriffen Elias, als er sich mit Maddalena auf der Weide inmitten hoher blühender Disteln allein fand. Stürmisch klopfte sein Herz, und als seine Augen den leidenschaftlichen, flehenden Blicken Maddalenas begegneten, schwindelte ihm vor Verlangen.

Rette mich! Rette uns! sagte dieser Blick. Du liebst mich, und ich liebe dich. Ich bin gekommen, um dich zu bitten, mich zu retten, uns zu retten. Elias, Elias!

Doch er hielt sie beide für verloren, wenn er sie auch nur weiter ansähe; so tat er sich selbst Gewalt an und sah in die Ferne. Das verirrte Schaf lief über das Gras, von Zio Martinu und Mattia verfolgt, die versuchten, es gegen ein Gebüsch zu treiben.

»Dummköpfe!« sagte Elias. »Ich hätte es längst eingefangen, es wäre schon geschoren!«

Er rannte fort und ließ Maddalena allein, in der Sonne, auf der Weide zwischen den hohen Disteln; allein stand sie da und hielt wie eine Madonna die Lider schmerzlich und ergeben gesenkt.

»Zio Martinu«, sagte Elias zum Alten, während Mattia, der das widerstrebende Schaf neben sich herzog, ihnen voranschritt, »tut mir einen Gefallen, Zio Martinu, laßt mich nicht einen Augenblick mit jenem Mädchen dort allein.« Er sprach leise, beklommen, ein wenig schuldbewußt, mit niedergeschlagenen Augen. Zio Martinu betrachtete ihn lange aufmerksam von oben herab; er hatte verstanden und erwiderte kein Wort.

»Heute abend ... erkläre ich Euch alles ... Denkt nicht schlecht von mir, Zio Martinu«, sagte Elias und hob die Augen. »Ich vertraue Euch mehr als meinem Vater.«

Zio Martinu antwortete nicht; er verzog keine Miene, er lächelte nicht, er schlug ihm nur mit einer Hand auf die Schulter, und während des ganzen Tages folgte er ihm Schritt für Schritt wie sein Schatten.

Das Mittagessen war über alle Beschreibung lustig und ausgelassen. Zio Portolu erzählte dem Waldvater, daß Maddalena und sein kleiner Pietro nun bald heiraten würden, nach der Getreideernte. Doch der Alte schien über diese Nachricht nicht besonders erfreut.

Gegen Sonnenuntergang fuhren Pietro und die Frauen ab. Maddalena schien heiter, sie lachte, scherzte und wandte sich, beständig lächelnd, an Pietro und beachtete Elias gar nicht mehr. Doch dieser, ein wenig getroffen auch in seiner Eigenliebe, täuschte sich nicht über ihre falsche Heiterkeit. Sie hält mich für einen Dummkopf, dachte er. Nun gut, um so besser. Doch wenn sie wüßte... wenn sie wüßte...

Manchmal war ihm, als müsse ihm das Herz zerspringen; er hätte laut weinen und schreien, sich mit den Fäusten an die Stirn hämmern mögen. Der Karren entfernte sich, die blutroten Mieder der Frauen und Pietros schwarzweiße Gestalt verschwanden unten am grünen Horizont der Tanka, in der rosigen Ferne des Sonnenuntergangs. Leb wohl, leb wohl! So würde er sie niemals wiedersehen wie an diesem Frühlingsmorgen in der Einsamkeit der Tanka, ungebunden und verliebt, ja bebend vor Liebe neben ihm. Alles war vorbei.

Der Karren verschwand in der Ferne, und um Elias wurde es still und leer. Aber als er sich umwandte, um zur Hütte zurückzukehren, sah er Zio Martinu, der ihn erwartete.

»Ich gehe jetzt fort«, sagte der Alte. »Willst du mich begleiten, Elias?«

»Gehen wir.«

Sie gingen. Die Sonne war untergegangen, und die fernen Wälder lagen schweigend unter dem Abendhimmel, der ganz in Rosa getaucht war, ein intensives, fast violettes Rosa. Die ganze Tanka, die schimmernden Büsche und unbewegten Gräser, die Felsen und Bäche warfen das warme Glühen, gleich dem Leuchten der Pfingstrose, zurück. Ein beinahe andächtiger Friede breitete sich aus, wie in einer von Kerzen erleuchteten Kirche. Schweigend überquerten Zio Martinu und Elias die ganze Tanka bis zur Mauer, dort setzten sie sich ernst und feierlich nieder.

Elias war traurig. Er wußte nicht, wie er anfangen sollte, und sah beharrlich auf seine Hände nieder. Zio Martinu erfaßte den Seelenzustand seines jungen Freundes und versuchte, ihm aus seiner Verlegenheit zu helfen.

»Elias Portolu«, sagte er ernst, »ich weiß, was du mir sagen willst: Maddalena ist in dich verliebt.«

»Still!« sagte der andere erschrocken und legte die Hand auf den Arm des Alten. »Jeder kleine Busch hat Ohren!«* fügte er rasch hinzu, wie um seine Verwirrung zu entschuldigen.

»Ja«, erwiderte bedächtig der Waldvater, »jeder kleine Busch, jeder Baum, jeder Stein hat Ohren. Was schadet das? Was ich dir gesagt habe und was ich dir sagen werde, kann jeder hören, vom Herrgott da oben bis zum ärmsten Knecht. Maria Maddalena liebt dich, und du liebst sie; vereinigt euch vor Gott, denn er hat euch füreinander geschaffen.«

Elias betrachtete ihn erstaunt; er dachte an die Unterredung mit Priester Porcheddu, an seine Ratschläge, seine

* Sardisches Sprichwort.

Warnungen in jener unvergeßlichen Nacht des heiligen Franziskus. Wem sollte er nun folgen?

»Aber sie ist doch die Braut meines Bruders, Zio Martinu!«

»Und wenn schon! Liebt sie ihn denn? Nein. Folglich ist sie nicht die Seine, und nach den Gesetzen des Herrn wird sie es nie werden. Allein die Liebesehe ist die Ehe vor Gott, die Vernunftehe die des Teufels. Rette dich, Elias Portolu, und rette die Taube, wie dein Vater sie nennt. Maria Maddalena hat Pietro genommen, weil man sie dazu genötigt hat – weil er Korn, Gerste, Bohnen, ein Haus, Ochsen und Land besitzt. Der Teufel hatte da seine Hand im Spiel, aber Gott hat anders entschieden. Er hat dich zurückkehren lassen, hat dir das Mädchen über den Weg geschickt, ihr habt euch gesehen, ihr habt euch verliebt, obwohl ihr wußtet, daß ihr euch nach den Vorurteilen der Menschen nicht einmal ansehen durftet. Fühlst du da nicht eine höhere Gewalt, die dem Menschen den Weg weist? Ist es nicht die Hand Gottes? Denke gut darüber nach, Elias Portolu! Hast du schon daran gedacht?«

»Es ist wahr. Aber er ist doch mein Bruder!«

»Wir sind alle Brüder, Elias Portolu. Pietro ist nicht dumm; er wird den Grund einsehen. Geh, sage ihm: ›Bruder, ich liebe deine Braut, und sie liebt mich.‹ Was willst du tun? Willst du deinen Bruder und jenes andere unschuldige Geschöpf unglücklich machen?«

Elias schauderte schon bei dem Gedanken, so zu seinem Bruder zu sprechen, und schüttelte schmerzlich erschreckt den Kopf.

»Nie! Nie! Pietro würde mich umbringen, Zio Martinu!«

»Du fürchtest dich wohl?«

»Ja, warum soll ich's leugnen? Ich fürchte mich, doch

nicht vor dem Tode. Auch Maddalena wäre verloren, auch mein Bruder, meine ganze Familie. Doch das ist es nicht allein, was mich quält, Zio Martinu. Ich liebe meinen Bruder, und ich will nicht – angenommen, er läßt von ihr ab –, daß er unglücklich wird.«

»Pietro wird leichter verzichten können als du, er hat einen ganz anderen Charakter. Ich verstehe deine guten Absichten, Elias Portolu, aber ich billige sie nicht. Denke an die Folgen. Hast du jemals daran gedacht? Maddalena ist unsterblich in dich verliebt, ich habe es in ihren Augen gelesen. Schweigst du, so heiratet sie Pietro, dann wohnt sie in deinem Haus, und das endet damit, daß ihr euch zugrunde richtet. Die menschliche Natur ist nun einmal schwach. Hörst du das, Elias Portolu? Hast du schon daran gedacht? Heute besiegt man die Versuchung, besiegt sie morgen, doch übermorgen siegt sie, denn wir sind nicht aus Stein. Hast du daran gedacht, Elias Portolu?«

»Es ist wahr, es ist wahr!« sagte Elias, die Augen voller Schrecken.

Sie schwiegen einen Augenblick. Eine tiefe, endlose Stille umgab sie; die Dämmerung senkte sich auf die Büsche, der Purpur des Himmels verblaßte zu einem zarten Violett. Mit einem Mal fühlte Elias, wie dieser große, geheimnisvolle Friede ihn bis ins Innerste durchdrang.

»Aber ich«, sagte er mit veränderter Stimme, »ich gehe doch aus dem Haus.«

»Du willst dir also eine Frau nehmen? Hüte dich, das macht vielleicht alles nur noch schlimmer!«

»Nein, ich werde mir niemals eine Frau nehmen.«

»Was willst du dann tun?«

»Ich will Priester werden. Wundert Ihr Euch nicht darüber, Zio Martinu?«

»Ich wundere mich über nichts.«

»Was würdet Ihr mir denn raten? In dem Traum, den ich am ersten Abend meiner Rückkehr gehabt und den ich Euch erzählt habe, habt Ihr mir geraten, Priester zu werden.«

»Traum ist Traum, Wirklichkeit ist Wirklichkeit, Elias Portolu. Ich rate dir nicht ab, wenn du dazu die Berufung in dir fühlst, aber ich sage dir, daß auch das dich nicht retten wird. Wir sind alle Menschen, Elias, zerbrechlich wie Rohr. Bedenke das.«

»Was ratet Ihr mir also?«

»Ich habe dir meinen Rat schon gegeben. Geh zurück in dein Dorf, sprich mit deinem Bruder.«

»Niemals ... niemals ... mit ihm!«

»Nun gut, dann sprich mit deiner Mutter. Sie ist eine Heilige, deine Mutter, sie wird für jede Wunde den rechten Balsam finden.«

»Gut, ich werde gehen!« sagte Elias mit plötzlicher Begeisterung.

Er hatte einen Entschluß gefaßt; seine Augen blitzten vor Freude. Er stand auf und machte ein paar Schritte; am liebsten wäre er jetzt gleich fortgestürmt, hätte sich gleich von diesem Alp, der ihn so drückte, befreit. Es erschien ihm nun alles so leicht, der Weg geebnet, und einige Augenblicke lang fühlte er ein Glück, wie er es so tief noch nie im Leben empfunden hatte.

»Nun gut, verliere keine Zeit«, sagte Zio Martinu. »Geh schon morgen, sprich, hab keine Bedenken, keine Vorurteile. Ich werde dich morgen zur selben Stunde erwarten, dann erzählst du mir, was du ausgerichtet hast.«

»Ja, ich gehe und komme wieder, Zio Martinu. Gute Nacht und vielen Dank.«

»Gute Nacht, Elias Portolu.«

Und jeder ging seiner Wege.

Am anderen Abend, zur selben Zeit, trafen sich beide Männer wieder an der Mauer der Tanka. Ringsum wieder reines, unendliches Schweigen. Die Wipfel des Waldes glühten im roten Abendschimmer, eine Elster sang in der Ferne; Elias aber war niedergeschlagen und verstört, sein Gesicht von Müdigkeit und Leid gezeichnet wie in den ersten Tagen seiner Rückkehr.

»Zio Martinu«, sagte er, »wenn Ihr wüßtet, wie es gegangen ist! Es ist unmöglich, ich kann nicht, ich kann nicht sprechen, weder mit meiner Mutter noch mit sonst jemandem. Gestern abend war ich doch so fest entschlossen, ich war mutig wie ein Löwe, oder besser gesagt, dreist und gefühllos. Gut, ich lege mich nieder und schlafe. Im Traum war ich schon zu Hause, ich sprach mit meiner Mutter . . . Alles schien mir so einfach. Ich wache auf, gehe fort, komme zu Hause an, fühle mich immer noch froh, voller Hoffnung und Mut. Ich rufe meine Mutter beiseite, die Worte, die ich mir zurechtgelegt habe, wollen schon über die Lippen. Da sieht sie mich an, und plötzlich fühle ich mein Herz heftig klopfen und habe einen Kloß im Hals. Nein, nein, Zio Martinu, es ist unmöglich, ich kann nicht sprechen, selbst wenn ich wollte. Ich würde ein Verbrechen begehen können, aber meinen Verwandten das eröffnen – nein, das kann ich nicht. Es ist unmöglich.«

»Versuche es noch einmal«, begann der Alte, doch Elias machte eine heftig abwehrende Bewegung.

»Nein, nein!« sagte er mit lauter Stimme. »Überredet mich nicht mehr, Zio Martinu. Es geht über meine Kräfte, tausendmal würde ich hingehen, ohne daß es mir gelänge zu sprechen.«

»Du hast recht«, sagte der Alte und schien sich plötzlich an etwas zu erinnern. »Mir kommt ein Vorfall in den

Sinn«, fügte er kurz darauf hinzu. »Es war zwar eine weit ernstere Sache, aber der Mann, von dem ich dir erzählen will, war auch stärker als du, mutig, draufgängerisch, ja gewalttätig. Er sollte ein Verbrechen begehen – er hatte schon andere begangen –, sollte einen anständigen Mann erschlagen. Ihm schien das ganz leicht und selbstverständlich, er war fest dazu entschlossen. Der Tag war gekommen, auch die dafür bestimmte Stunde. Er ging in das Haus des anständigen Mannes und fand ihn beim Abendessen; ohne jede Gefahr hätte er ihn töten können. Doch der anständige Mann blickte ihn an, und der andere war nicht imstande, auch nur den Arm zu regen. Und das geschah zwei-, drei-, zehnmal.«

Während der Alte sprach, verschlang Elias ihn mit den Augen und vergaß seinen Schmerz; er kannte diese Geschichte schon, er wußte auch, daß dieser gewalttätige Mann Zio Martinu selber gewesen war. Seit vielen Jahren kannte im übrigen jedermann diese Geschichte, und jedermann wußte auch, daß dieser anständige Mann, nachdem auch ihm die Geschichte zu Ohren gekommen war, Zio Martinu zu sich gerufen, ihm Arbeit gegeben, ihn zum Hirten und dann zum Wächter seiner Tankas gemacht hatte. Von da an war Zio Martinu die rechte Hand, der treueste Diener des Mannes geworden, den er hatte umbringen wollen.

Und Elias empfand etwas wie Erleichterung; im Grunde seines Herzens schämte er sich seiner Schwäche und seiner beständigen Unentschlossenheit, doch wenn ein Mann von Eisen wie Zio Martinu Monne in seiner stolzen Jugend einen ehrlichen Blick nicht aushalten konnte, wie sollte er, der arme, schwache Junge, die Angst vor seinem Geständnis überwinden, das ihm wie ein Verbrechen erschien?

»Die Geschichte, die ich dir erzählt habe«, fuhr der Alte fort, »hat zwar gewiß keine Ähnlichkeit mit der deinen, aber sie zeigt doch, daß über uns eine Macht herrscht, die wir nicht besiegen können. Trotzdem, Elias Portolu – versuche, etwas zu tun, wenn du kannst.«

»Ich kann nichts mehr tun, Zio Martinu!« sagte Elias mutlos.

»Vielleicht möchtest du, daß ich mit den Deinen rede?« begann der Alte nach kurzem Schweigen besorgt von neuem, doch Elias ergriff seinen Arm und wehrte heftig ab: »Nein, Zio Martinu, niemals! Glaubt nur ja nicht, daß ich auch nur daran gedacht habe. Und außerdem, das sage ich Euch, wenn Ihr mein Geheimnis verratet, schau' ich Euch nie mehr ins Gesicht.«

»Hast recht, es geht nicht.«

»Nun, was ratet Ihr mir dann?«

»Ich habe dir schon geraten, Elias Portolu. Tu irgend etwas, denk an die Zukunft!«

»Ich denke an die Zukunft, Zio Martinu. Die Ereignisse sollen ihren Lauf nehmen. Wenn ich zum Widerstand keine Kraft mehr habe, werde ich handeln, wie ich Euch gestern dargelegt habe.«

»Und daran wirst du nicht guttun«, sagte der Alte und stand auf. »Laß nichts unversucht, Elias, mein Sohn. Die Geschichte, die ich dir erzählt habe, hat sich durch die Unentschiedenheit eines Mannes zum Guten gewendet; die deine könnte schlecht ausgehen. Du kannst schreiben, nun gut, so schreibe, dein Bruder kann ja lesen. Verständigt euch, denkt an die Zukunft. Mehr kann ich dir nicht sagen.«

Ein Hoffnungsstrahl blitzte in Elias' Augen auf.

»Ja, ich werde schreiben.«

Sie trennten sich, ohne sich zu verabreden, und Elias

ging mit etwas leichterem Herzen zur Hütte zurück. Ja, ja, sprach er zu sich, ich werde es machen wie die großen Herren, ich werde an Pietro schreiben. Ich setze ihm alles auseinander; er ist vernünftig und wird es einsehen. Ich habe Feder und Papier. Ich gebe Mattia den Brief – nein, ich werde ihn selbst hintragen, werde den Brief meiner Mutter geben, damit sie ihn sicher in Pietros Hände legt. Ja, so wird's gehen.

In langen Nachtstunden grübelte er, wie er den Brief am besten schreiben könnte – er hatte schon den Anfang und den Schluß. Das übrige war leicht. Auch als er am nächsten Morgen erwachte, war er noch fest zum Schreiben entschlossen. Sobald er konnte, ging er an seinen Lieblingsplatz, wo er seine Bücher, eine Feder und ein kleines Röhrchen Tinte versteckt hatte, und bereitete alles sorgsam vor. Er setzte sich vor einen hohen Stein, suchte die beste Stellung; so hatte er es bequem zum Schreiben. Dann grübelte er.

Neben ihm zwischen den Binsen plätscherte der Bach, ein leichter Wind strich raschelnd durch das Holundergebüsch und das hohe Gras. Unbestimmte, gedämpfte Geräusche, bald nah, bald fern, belebten die Tanka unter der blauen Klarheit des reinen Morgenhimmels.

Elias dachte nach; seine gebräunten Hände ruhten regungslos auf dem groben Blatt Papier, das er auf dem Stein ausgebreitet hatte. Plötzlich hob er den Kopf, wie wenn er einer fernen Stimme lauschte, nahm dann Blatt, Feder und Tinte, versteckte alles sorgsam und kehrte zur Hütte zurück. Er konnte die höhere Macht nicht besiegen, von der Zio Martinu gesprochen hatte.

Fünftes Kapitel

Der Sommer kam. Die Tanka wurde gelb und fahl, nur unter dem Buschwerk und an den Ufern des Baches blühte es in tropischer Fülle. Welch tiefer Zauber jetzt da unten, in der leuchtenden Morgensonne, in der rotgoldenen Dämmerung oder in den leuchtend klaren Sternennächten, wenn der Neumond sich geheimnisvoll auf die schweigenden Wälder senkte!

Elias verzehrte sich vor Liebe und Trauer, aber er faßte keinen Entschluß, tat keinen Schritt, die Ereignisse aufzuhalten. Und die Zeit verstrich. Pietro hatte eine sehr gute Ernte gehabt, nun sollte in wenigen Tagen die Hochzeit stattfinden. Elias hatte Zio Martinu nicht wiedergesehen und bemühte sich auch nicht darum; er fürchtete sich fast vor diesem Wiedersehen, weil der Alte in seiner vielgepriesenen Weisheit ihm die Hölle ins Herz gesenkt hatte, statt Trost zu spenden.

Und wenn er nun recht hätte? fragte er sich manchmal; aber sogleich verwarf er diesen Gedanken, schon weil er fühlte, daß er nicht die Kraft hatte, zu handeln, sein Geheimnis preiszugeben, vor allem aber, Pietros Glück zu zerstören.

Doch die Erinnerung an Maddalena, die Sehnsucht nach ihr und der Gedanke, daß sie in ein paar Tagen unwiderruflich für ihn verloren sein würde, nagten an ihm. Er versuchte, sein Herz, seine erregten Sinne zu bezwingen, seiner Leidenschaft zu spotten, stark zu sein, wie Zio Portolu ihn wollte. Zum Teufel noch mal, es gibt doch so viele Frauen auf der Welt, und außerdem kann man auch ohne sie, auch ohne Liebe leben! Ein Mann, ein echter Mann sollte über solche Dinge lachen!

Aber der Kampf war vergebens; ohne Maddalenas Gestalt erschien Elias die Welt nur noch öde und düster. Wie hatte er sich damals, beim heiligen Franziskus, nach der Ferne, nach der Einsamkeit, nach der Stille der Tanka gesehnt, und nun wünschte er wieder den Tag von Pietros Hochzeit herbei. Dann würde wenigstens alles zu Ende sein, für immer. Er glaubte, daß er *danach* genesen, Frieden und Gesundheit wiedererlangen würde. Denn auch körperlich fühlte er sich dahinsiechen. Die Glut dieser langen, lichterfüllten Tage, die tückische Frische der klaren, duftenden Nächte zehrten an ihm und machten ihm Fieber.

In seiner Trauer waren ihm die Menschen verhaßt geworden, auch sein Vater und Mattia stießen ihn ab. So floh er sie, irrte den ganzen Tag durch die gelbe, glühende Einsamkeit der Tanka und verbrachte die Nächte im Freien.

Wenn er mittags eingeschlafen war, nachdem er wieder und wieder in seinen heiligen Büchern gelesen hatte, erwachte er mit heftig schmerzendem Kopf und konnte dann in der Nacht keinen Schlaf finden. Dann blieb er lange in einem seiner Schlupfwinkel, auf die Steine gekauert, und blickte in den Mond, der sich auf die Wälder senkte, oder verfiel in einen qualvollen Dämmerzustand. Zio Portolu, der alte Fuchs, sah recht wohl die seelische und körperliche Verfassung seines Sohnes, aber die Ursache erriet er nicht. Es bekümmerte ihn, und in den wenigen Augenblicken, wo sie zusammen waren, machte er Elias heftige Vorwürfe.

»Warum versteckst du dich?« schrie er ihn an. »Was ist das für ein Leben? Wenn du ein Verbrechen ausheckst, so setz es in die Tat um, und Schluß damit. Und wenn du verliebt bist, bändele an. Bist du ein Mann? Ein Hampelmann bist du, eine Quarkpuppe! Merkst du denn nicht, daß du nicht mehr auf den Beinen stehen kannst und daß du im Gesicht grün wie ein Frosch bist?«

»Ich bin krank«, sagte Elias, nicht um sich zu entschuldigen, sondern aus panischer Angst, Zio Portolu könne sein Geheimnis erraten.

»Wenn du krank bist, dann pflege dich oder stirb! Ich mag keine Schwächlinge um mich sehen, ich will Löwen sehen, Adler, aber du bist ein Molch.«

»Laßt mich in Frieden, Vater«, flehte Elias und ging verärgert fort.

»Geh zum Teufel! Geh zum Teufel!« schrie Zio Portolu ihm nach. Doch wenn er allein war, wurde der Alte traurig, fühlte auch, wie sein Herz sich verzagt zusammenzog.

Zum Schluß wird Elias noch krank, dachte er. O nein! Heiliger Franziskus, nimm mich, aber laß meine Söhne gesund und stark! Meine Söhne! Meine Tauben! Meine Vögelchen! Sie sollen glücklich sein, mag auch Zio Portolu in Verzweiflung sterben. Elias, Elias, warum pflegst du dich nicht? Was soll ich nur ohne dich machen? Ich werde deine Mutter kommen lassen, du wirst mit ihr ins Dorf zurückkehren. Sie wird dich ins Bett stecken und dir ihre Medizin machen, wie sie es so gut versteht, mit Kräutern, Salz und den heiligen Medaillen.

Unterdessen irrte Elias umher, traurig, verzweifelt, wütend gegen sich selbst und gegen die anderen. Eines Nachts, als Zio Portolu die Tanka durchstreifte, sah er ihn auf einem Felsen kauern und den Mond betrachten.

Macht er Zaubereien? Brütet er ein Verbrechen aus? Will er Mönch werden? fragte sich der Alte und starrte auf den Sohn; die gleißende Hitze jener Tage hatte seine Augen mehr denn je gerötet. »Heiliger Franziskus, *Santu Franzescheddu meu*, mache mir doch diesen Sohn wieder gesund!«

Sehr besorgt kehrte er zur Hütte zurück; Elias' seltsames Verhalten vergiftete ihm ganz die Freude an Pietros Hochzeit, die am kommenden Sonntag gefeiert werden sollte. Inzwischen saß Elias unbeweglich auf der Höhe seines Felsens, mit starrem, gläsernem Blick, wie bezaubert vom reinen Glanz des Mondes, in wirre Phantasien versunken. Es war dieselbe Betäubung, dasselbe Brausen, derselbe unbestimmte Schwindel, den er am ersten Abend seiner Rückkehr im kleinen Hof seines Elternhauses empfunden hatte. Der leichte Wind, der in der Ferne durch Wälder rauschte, klang ihm wie eine dumpfe Stimme, bald lieblich, bald furchterregend. Was sprach sie nur? Was sprach der Wind? Was murmelte der Wald? Er hätte diese Stimme so gern deutlich gehört und ängstigte sich, betrübte sich, ärgerte sich darüber, daß es ihm nicht gelang. Sie klang ihm wie die Stimme des Priesters, wie die Maddalenas, seiner Mutter, von Zio Martinu, und er erinnerte sich an den Traum, den er am ersten Abend seiner Rückkehr gehabt hatte, und an den am Ufer der Isalle, an andere Träume, an weit zurückliegende Wahnbilder. Und im Grunde seines Herzens empfand er eine unbestimmte Angst wegen dieser Stimme, die er nicht verstehen konnte, wegen dieser Träume und anderer Dinge, an die er sich nicht erinnern konnte.

Der Mond schien ihm voll ins Gesicht, in die Augen, und legte einen traumhaften Zauber über ihn. Ringsumher über der Linie der Wälder, am fernen Horizont löste sich der Himmel in einem Perlenschimmer auf. Die Herden weideten noch in der Ferne, und das melancholische

Geläute ihrer Glöckchen klang leise durch das nächtliche Schweigen. Noch nie hatte sich Elias so traurig gefühlt wie in dieser Nacht. Auch widerfuhr ihm etwas Ungewöhnliches: er dachte an die Tage, an die Monate, an die Jahre zurück, die er an *jenem Ort* verlebt hatte, er erinnerte sich an sie mit einem erniedrigenden Schmerz, wie er ihn dabei nie zuvor empfunden hatte, und verwirrt dachte er: Ja, wenn ich nicht gesündigt, mit schlechten Kameraden verkehrt hätte, dann wäre ich nicht an *jenem Ort* gewesen, dann hätte ich Maddalena eher als Pietro kennengelernt und wäre jetzt nicht so unglücklich. Sie haben mich gebändigt, das ist wahr, aber sie haben mich auch schwach wie ein Frauenzimmer gemacht. Und nun zu denken, daß ich die Erlebnisse von *jenem Ort* immer allen erzählt und mich ihrer sogar gerühmt habe! Schamlos bist du, Elias Portolu, schamlos!

Er glaubte zu erröten, und von neuem verwirrten sich seine Gedanken, die Traumbilder, die verworrenen Stimmen kehrten zurück. Die Gestalt des Priesters tauchte wieder auf, die Maddalenas, die des Waldvaters und andere Gestalten, die er an *jenem Ort* gesehen hatte. Die unbestimmte Angst, die auf seinem Herzen lastete wie ein Felsblock, wurde immer schwerer, erdrückender. Endlich meinte er die Erinnerung festhalten, die Stimme unterscheiden zu können; eiskalt lief es ihm über den Rücken, sein Gesicht wurde leichenblaß, die Zähne schlugen aufeinander.

In drei Tagen heiratet sie; alles ist aus! schrie es in ihm. Das ist es, was mich umbringt, und ich tue nichts, ich rühre mich nicht, ich wage nicht ...

In einem Anfall von Verzweiflung faßte er kühne, närrische Vorsätze.

Ich gehe, ich tue etwas, ich will nicht sterben. Ich liebe

sie, und sie liebt mich, sie hat es mir da unten am Ufer der Isalle gesagt ... nein, es war beim Ritt nach Hause, jedenfalls hat sie es mir gesagt, und ich habe sie geküßt, sie ist mein, mein, mein ... ich gehe ... Ach, mein Bruder, töte mich, wenn du willst, aber sie ist mein! Jetzt steige ich hinunter, ich laufe los, ich gehe nach Nuoro und bringe die Sache in Ordnung. Es läßt sich noch alles regeln, der Waldvater hat ganz recht. Aber ich muß schnell machen.

Er wollte aufstehen, doch sofort durchfuhren ihn kalte Schauer, die von den Fußspitzen hochstiegen und in Wellen durch den ganzen Körper liefen. Er setzte sich wieder, dem Mond zugewandt, mit aschfahlem Gesicht und klappernden Zähnen. Er dachte auch an sein Gelübde, an den Abend, als er zu Füßen des heiligen Franziskus wie ein Kind geweint hatte. Wie fern lagen ihm jetzt diese Vorsätze! Die Leidenschaft hatte ihn besiegt, er konnte nicht länger widerstehen. Er dachte: Damals meinte ich, der Hochzeitstag werde niemals kommen, jetzt aber ist er nahe, schon übermorgen ist er da. Ich muß etwas unternehmen.

Aber warum kann ich mich nicht bewegen? fragte er sich in einem klaren Augenblick. Ich versuche, mich zu bewegen, und kann es nicht, meine Glieder sind schwer wie Blei. Und diese Schauer? Ich habe Fieber, ich werde krank.

Ach, dachte er dann entsetzt, wenn ich nun krank werde? Wenn ich mich nicht mehr bewegen kann? Und wenn unterdessen ... nein, nein, ich gehe, ich gehe.

Schwerfällig erhob er sich, stieg den Felsen hinab und machte sich schwankend auf den Weg, quer über Stoppeln und Heu, die im Mondschein schimmerten und dufteten.

Immer noch hörte man das schwermütige Bimmeln der Herden, die ferne Stimme des Windes im Wald. Er ging weiter; er hätte laufen mögen, aber er konnte nicht. Manchmal blieb er stehen, mit einem dumpfen Brausen und schrillem Pfeifen in den Ohren.

Unter einem Baum ließ er sich plötzlich zur Erde fallen. Durch die Zweige sah er den Mond, der ihn mit seinem glänzenden, beinahe blendenden Auge anblickte. Dieses Mondauge war das letzte, was er wahrnahm, dann fühlte er nur noch einen heftigen Schmerz am linken Auge, als hätte man ihm einen Schlag mit der Axt versetzt, und das Brausen in seinen Ohren wurde stärker. Doch in seinem unheilvollen Traum setzte er seinen Weg fort und sprach dabei die seltsamsten Dinge. Er meinte einen Ort voll ungeheurer Felsblöcke zu durchqueren, mit Büschen voller Dornen und trockenen Disteln, beleuchtet von einem bläulichen Mondlicht.

In seinen Fieberphantasien wußte er genau, was und wohin er wollte. Doch obwohl er lief, die Felsen erklomm, über die Büsche sprang, schwitzend, erschöpft, verängstigt, gelang es ihm doch nicht, von diesem geheimnisvollen Ort wegzukommen. Und darüber empfand er Zorn, einen unsäglichen Schmerz. Alle Gelenke taten ihm weh, der Rücken war wie zerschlagen, die Füße, die Hände, die Schläfen klopften, er war in Schweiß gebadet; und er ging und ging immer weiter, über jene Felsen, die ihm Entsetzen und Schauder einflößten, in jenem fahlen Schein des unsichtbaren Mondes, der ihn mit einem geisterhaften Licht umgab, trauriger, unheimlicher noch als die schwärzeste Finsternis. Wie lange dauerte dieser schreckliche Kampf gegen Felsen, Büsche und Disteln, dieser dumpfe Zorn, diese niederdrückende Qual, die Furcht vor unsichtbaren Ungeheuern, vor diesem schrecklichen Licht? Er konnte es nicht genauer bestimmen. Andere, nicht weniger ungeheuerliche, doch verworrene Erscheinungen verjagten die ersten, schlangen sich ineinander, lösten sich auf, kehrten zurück, wie vom Wind getriebene Wolken, umstrickten ihn, peinigten ihn.

Endlich kam ein Augenblick, wo die müde, überwältigte Seele in den dunklen Abgrund der Bewußtlosigkeit sank, während der Körper fortfuhr zu leiden. Doch dann, wie eine trübe Morgendämmerung, die nach und nach in einen Abgrund dringt, empfand er allmählich das Leiden des Körpers. Er träumte nicht mehr; der Fiebernde öffnete die Augen vor der Wirklichkeit.

Er lag zu Hause auf seinem Bett mit der groben Wolldecke, in dem bescheidenen weißen Kämmerchen. Ein trübseliges Dämmerlicht fiel durch das halbgeschlossene kleine Fenster; vom Weg drang fröhliches Kindergeschrei herein. Vom Hof und der Küche, aus den anliegenden Kammern hörte man gedämpfte Stimmen. Es mußten viele Leute dasein. Was sprachen sie? Was machten sie? War Maddalena da? Und Pietro? Hatten sie schon geheiratet?

Elias wurde eiskalt, doch der Fieberwahn war vorüber, und selbst wenn Maddalena noch unverheiratet vor ihn getreten wäre, hätte er ihr nichts gesagt. Er wünschte sogar, daß die Hochzeit schon vorüber sein möge, aber bei diesem Wunsch ergriff ihn doch eine heftige Traurigkeit, und er sehnte sich nach dem Tod.

Statt des Todes aber kehrte das Leben, kehrten die Sorgen zurück. Hatte er in seinen Fieberphantasien gesprochen? Was war geschehen? Wie hatten sie ihn gefunden? Wie hatten sie ihn hierhergebracht? Hatte Maddalena ihn gesehen? Hatte sie Mitleid mit ihm gehabt? Ach, der Gedanke an ihr Mitleid erschütterte ihn, und er wünschte wieder den Tod herbei.

Da trat Zia Annedda ins Zimmer. Sie sah sofort, daß es Elias besser ging, und beugte sich mit einem Lächeln der Freude und Anteilnahme über sein Kissen.

Weiß sie es? fragte sich Elias und senkte die bleifarbenen Lider.

»Mein Sohn! Wie fühlst du dich?« fragte die Mutter und legte ihm eine Hand auf die Stirn.

»Es geht.«

»Gott sei gelobt: du hast starkes Fieber gehabt, Elias, wir wollten schon die Hochzeitsfeier aufschieben ...«

Sie weiß es! dachte er schmerzlich.

»Aber heute morgen ging es dir schon ein wenig besser. Dein Bruder hat um zehn geheiratet.«

Sie wissen nichts!

Aber dieser Gedanke konnte den unsäglichen Schmerz nicht lindern, den er über die Worte seiner Mutter empfand. Denn im Grunde hoffte er immer noch. Was hoffte er? Er wußte es selbst nicht einmal; er hoffte auf das Unbekannte, Unmögliche, aber er hoffte.

Nun war alles zu Ende. Er schloß die Augen und öffnete den Mund nicht mehr; er hörte nicht, was seine Mutter noch zu ihm sagte. Sein Körper war gefühllos und schwer, unbeweglich wie ein Stein – wenn er sich auch hätte bewegen wollen, er hätte es nicht gekonnt.

Alles war zu Ende.

Zia Annedda ließ ihn wieder allein. Als sie die Tür öffnete, drangen aus der Küche und dem Hof die Stimmen der Gäste deutlicher zu Elias und dann und wann leises Lachen. Er öffnete wieder die Augen, betrachtete die Wände, an denen das trübe Dämmerlicht dahinschwand, dachte an die Freude der anderen, die sich gar nicht um ihn kümmerten, und empfand seinen tiefen Schmerz, seine Einsamkeit, das Ende noch stärker. Er weinte still, ganz verloren in einem Schmerz, der ihm dunkler erschien als der Tod.

Unterdessen hatte Zia Annedda die Nachricht von seiner Besserung verbreitet und dadurch von der Familie und den wenigen Gästen (alles Verwandte der Brautleute) den Schatten genommen, den die Krankheit auf alle geworfen hatte. Der heiterste war natürlich Zio Portolu.

»Der heilige Franziskus sei gelobt!« sagte er aufspringend. »Wenn mein Junge gestorben wäre – ich hätte ihn nicht überlebt. Gehen wir ihn besuchen, ihm Gesellschaft leisten, kommt!«

In seinem Kummer hatte er nicht einmal getrunken, nicht einmal seine vier Zöpfchen geflochten; aber er hatte sich sauber gemacht, die Schuhe mit Talg gefettet und einen funkelnagelneuen Anzug angelegt. Nur Maddalena schien teilnahmslos zu bleiben – die großen Madonnenaugen waren ergebungsvoll gesenkt; sie saß im Hof neben dem Bräutigam, sprach wenig, besah ihre Ringe und steckte sie oft von einem Finger auf den anderen. Pietro war glücklich. Mit seinem glattrasierten Gesicht, den glänzenden Augen, den roten Lippen, in seinem Hochzeitsanzug mit dem weißen, gesteppten Hemdkragen, dessen Spitzen auf die blaue Samtweste fielen, war er beinahe hübsch.

»Gehen wir, gehen wir«, sagte Zio Portolu, der darauf brannte, Elias wiederzusehen. Und kaum hatte er die Kammertür geöffnet, so fing er schon an, Späße zu machen, und lachte sein gezwungenes Lachen, ohne den tödlichen Schmerz, der seinen Sohn lähmte, zu bemerken.

»Nun seht mal den Prachtkerl an, die Blüte unseres Hauses! Der wollte doch glatt an dem Tag sterben, wo sein Bruder heiratet! Macht man denn so was? He du, ich habe dich neulich abends auf den Steinen gesehen. Da sagte ich mir: Die Taube wird krank. Da sind wir losgegangen, haben dich unter einem Baum gefunden, wie tot, und mußten dich auf einem Karren hierherbringen. Was machst du nur für Sachen! Grau wie Asche ist dein Gesicht, Elias! Ha, ha, ha, willst du mal trinken? Ha, ha, ha, der Wein heilt alle Übel. Dein Bruder hat geheiratet, weißt du schon? Nachher stehst du auf, und wir trinken auf die Gesundheit der Brautleute!«

»Laß ihn in Frieden«, sagte Zia Annedda mit leiser Stimme und zupfte ihn am Ärmel. Und er schwieg und betrachtete traurig die geschlossenen Augen des Kranken.

Die jungen Eheleute waren zusammen im Hof geblieben, umringt von den Verwandten. Die Unterhaltung war nicht gerade sehr lebhaft, man spürte immer noch eine Bedrückung, eine Betrübnis, die die kühle Zurückhaltung der Braut ganz gewiß nicht zu verscheuchen vermochte.

Einige freche Jungen kamen ans Tor, schrien, baten um Süßigkeiten und warfen Steine gegen die Mauer. In der Küche bereiteten die Mutter der Braut und eine Verwandte das Abendessen. Zia Annedda ging hin und her, vom Hof in die Küche, von der Küche in Elias' Kammer, auf Zehenspitzen, mit bleichem, ruhigem Gesicht. Sie wußte ja, daß Elias wieder gesund werden würde. Er mußte wohl einen Schreck erlebt haben, darum hatte sie ihm ein spezielles Wässerchen zu trinken gegeben, hatte ihm dann ein geweihtes Amulett um den Hals gehängt, hatte die Lampe für den heiligen Franziskus angezündet und endlich die *grünen Worte* gesprochen, eine Beschwörungsformel, die ihr sagen sollte, ob der Kranke leben oder sterben würde. Und die grünen Worte hatten ihr gesagt, daß er leben würde. Der heilige Franziskus sei gesegnet, und Gott der Herr sei gelobt in seiner ganzen Herrlichkeit!

Nach und nach gingen die Leute fort; nur zwei Brüder,

die Mutter der Braut und eine Nachbarin, die mit Zia Annedda befreundet war, blieben zurück. Das Abendessen war noch trostloser als das Mittagessen; von Zeit zu Zeit hörte man Elias seufzen, und ein Schleier der Schwermut lag auf allen.

»Es ist, als säßen wir hier beim Leichenschmaus«, sagte Zio Portolu und zwang sich zum Lachen, aber er war bedrückt; und die Melancholie, die über dem ganzen Hochzeitstag gelegen hatte, erschien ihm als schlechtes Vorzeichen für die jungen Eheleute. Als Mutter Annedda sicher war, daß nichts mehr an dem Gastmahl fehlte, ging sie zu Elias und brachte ihm einen Napf Suppe.

»Richte dich ein bißchen auf und trink, mein Sohn«, sagte sie zärtlich, während sie die Suppe mit dem Löffel kühlte.

Aber Elias verzog voll Widerwillen das Gesicht und stieß die Hand seiner Mutter zurück.

»Elias, mein Sohn, trink, sei vernünftig; trink, es wird dir guttun.«

»Nein, nein, nein...«, wiederholte er, kindisch jammernd.

»Komm, komm, sei vernünftig, sonst wirst du noch wirklich krank, und da würdest du eine Todsünde begehen; denn der Herr will, daß wir unsere Gesundheit erhalten!«

Er schlug seine großen Augen voll Angst und Qual auf.

»Laßt mich in Frieden, laßt mich in Frieden sterben«, sagte er.

Zia Annedda ging und kam, gefolgt von Maddalena, zurück. Sowie Elias die junge Frau sah, fing er sichtlich an zu zittern und hatte weder den Wunsch noch die Kraft, seine Verwirrung zu verbergen. Er versuchte nur, einen Glückwunsch zu murmeln.

»Viel Glück...«, aber die Worte blieben ihm in der Kehle stecken.

»Elias, warum tust du das? Warum willst du nichts zu dir nehmen?« fragte Maddalena kühl und bestimmt. »Du bist kein kleiner Junge mehr. Warum betrübst du deine Mutter? Komm, sei vernünftig, tu, was sie sagt.«

Sofort richtete er sich auf, nahm den Napf und trank, schwer atmend und zitternd wie Espenlaub. Danach gaben sie ihm Wein zu trinken, und sogleich fiel er in einen leichten, angenehmen Schlummer, der bald in einen ruhigen Schlaf überging.

Doch mitten in der Nacht erwachte er; und kaum war er wach, so empfand er, trotz des körperlichen Wohlbefindens, das der Schlaf ihm gebracht hatte, eine unsägliche Angst, eine tiefe Verzweiflung. Maddalena war dort, unter demselben Dach, und Pietro war glücklich.

Doch für ihn war nun alle Lebensfreude vernichtet, jetzt erst begann der fürchterliche Kampf gegen Eifersucht und Sünde, gegen den Schmerz. Um ihn und in ihm war schreckliche Finsternis; und wieder empfand er ein leidenschaftliches Verlangen, aufzustehen, sich zu bewegen, zu wandern, weit fortzugehen. Das war sein Schicksal.

Ich gehe, dachte er; es ist notwendig, daß ich gehe, daß ich mich bewege, daß ich weit fortgehe, daß ich niemals hierher zurückkehre; sonst bin ich ein verlorener Mann. Ach, ach...

Er krümmte sich und wälzte sich umher, ballte die Fäuste, warf sich mit der Stirn aufs Kissen, biß sich auf die Lippen, um das Schluchzen und Seufzen zu ersticken. Er hatte den rasenden Wunsch, sich das Herz herauszureißen, es in die Faust zu nehmen und gegen die Wand zu schleudern.

Sechstes Kapitel

Der Herbst rückte näher und breitete eine milde Schwermut über die Tanka. An dunstigen Tagen schien die Landschaft noch ausgedehnter, als lägen ihre Grenzen geheimnisvoll hinter dem verschleierten Horizont; und eine noch tiefere Einsamkeit lastete auf den Weiden; die Bäume, die Steine und Büsche sahen ernst und würdevoll aus, als spürten sie die Schwermut des Herbstes. Große Raben zogen langsam und düster über den bleichen Himmel, und das Herbstgras wuchs wieder auf den Stoppeln, die von dem vor kurzem reichlich gefallenen Regen ganz schwarz geworden waren.

An einem dieser verhangenen, noch warmen, aber tristen Tage saß Elias allein auf der Schwelle der Hütte. Wie gewöhnlich las er in einem seiner Gebet- und Andachtsbüchlein. In der Ferne weidete die Herde; irgendein hübsches, schneeweißes Herbstlämmchen blökte kläglich wie ein wehleidiges Kind.

Elias las und wartete auf Zio Martinu Monne, den er hatte rufen lassen, um ihn um einen Rat zu fragen.

Diesmal, dachte er, diesmal will ich dem Rat des Alten folgen, er hat doch Lebenserfahrung. Vielleicht hätte ich gut daran getan, seinen Ratschlägen von Anfang an zu folgen. Schluß damit, fügte er seufzend hinzu. Jetzt ist alles aus.

Da kam endlich die hochgewachsene Gestalt des Alten am Ende des Pfades aus dem Nebel. Gerade und aufrecht schritt er auf die Hütte zu.

Elias sprang auf, legte das Büchlein beiseite und ging

Zio Martinu entgegen. Obwohl er wußte, daß die Tanka menschenleer war, dachte er doch an das sardische Sprichwort, daß jeder kleine Busch Ohren haben könne, und da er sichergehen wollte, führte er den Alten zu einem offenen Platz, der großenteils frei war von Felsen und Gebüsch. Nur hier und da lag ein Stein zwischen den Stoppeln, und auf zwei dieser Steine setzten sich Elias und der Alte.

Sie sprachen zuerst über gleichgültige Dinge, über das, was Zio Martinu während der ganzen Zeit, in der er sich nicht hatte sehen lassen, getan hatte; von den Schafen, von den Lämmern, von dem Stier, der in einer benachbarten Tanka gestohlen worden war. Doch mit einem Male blickte der Alte Elias scharf ins Gesicht und wechselte den Ton.

»Warum hast du mich rufen lassen, Elias Portolu? Was gibt's Neues?«

Elias fing an zu zittern, errötete und blickte sich um. Kein Mensch war zu sehen; Wald, Felsen und Buschwerk lagen ruhig in der nebelhaften Ferne, unter dem trägen, verhangenen Himmel.

»Ich möchte Euch um Rat fragen, Zio Martinu ...«

»Du hast mich schon früher um Rat gefragt, und du hast ihn nicht befolgt.«

»Jetzt ist es etwas anderes, Zio Martinu, und vielleicht hätte ich gut daran getan, wenn ich damals Eurem Rat gefolgt wäre. Genug, nun ist alles aus. Ich möchte Priester werden, Zio Martinu. Was sagt Ihr dazu?«

Der Waldvater sah gedankenvoll in die Ferne.

»Du bist noch immer verliebt?«

»Mehr denn je!« stieß Elias hervor. Nach und nach wurde seine Stimme schwach, klagend, beinahe weinerlich. »Manchmal glaube ich, ich werde verrückt. Sie ist schön, ach, wenn Ihr wüßtet, wie schön sie jetzt ist! Ich nehme mir immer vor, nicht mehr nach Hause zu gehen, sie nicht mehr zu sehen, sie nicht mehr anzuschauen, doch mich reitet der Teufel, Zio Martinu. Auch sie schaut mich an, und ich habe Angst. Ich muß einen Ausweg suchen, sonst geschieht das, was Ihr gesagt habt.«

»Warum nimmst du dir nicht eine Frau?«

»Ach, sprecht mir nur nicht davon!« sagte Elias und wandte das Gesicht angewidert ab. »Ich würde sie schlecht behandeln, ich fühle es, vielleicht würde ich böse werden, und der Teufel würde mich noch mehr unterkriegen.«

»Maria Maddalena sieht dich also an?«

»Oh, nennt keine Namen, Zio Martinu. Ja, sie sieht mich an.«

»Dann ist sie also keine ehrbare Frau?«

»Sie ist wohl ehrbar, aber sie liebt ihren Mann nicht, sie hat ihn niemals geliebt, und ihr Mann behandelt sie nicht gut. Er ist ihrer bald müde geworden, Zio Martinu, und er betrinkt sich oft, dann wird er böse. Sie zanken sich häufig.«

»So bald schon?«

»Ach, mit solchen Sachen fängt man früh an. Aber eben weil sie ihn nicht liebt, habe ich immer Angst, daß Pietro sie am Ende schlägt. Er will nicht, daß sie aus dem Haus geht, daß sie ihre Mutter besucht, daß sie mit den Nachbarinnen plaudert.«

»Ist er eifersüchtig?«

»Nein, eifersüchtig ist er nicht, ist es niemals gewesen, aber jähzornig ist er, er trinkt zuviel, er schlägt über die Stränge.«

»Ach Elias, Elias! Was habe ich dir gesagt? Wenn du meinem Rat doch gefolgt wärest!« rief der Alte aus. Doch gleich darauf schüttelte er den Kopf und fügte hinzu: »Aber wer weiß? Vielleicht hättest du es ebenso gemacht.«

»O nein! Was sprecht Ihr da?« sagte Elias lebhaft, während seine Augen in einem schmerzlichen Traum aufleuchteten. »Ich hätte sie angebetet, ihre Gedanken, ihre Wünsche ...«

»Sachte, sachte! So sagt man, doch eines Tages hat man alles satt, besonders die Frau. Glaubst du, Elias Portolu, daß deine Schwärmerei lange dauert? Es wird eine Zeit kommen, wo du darüber lachst. Sie wird Kinder haben, sich abarbeiten, dich nicht mehr ansehen, sie wird werden wie so viele andere Bäuerinnen und Familienmütter, schmutzig, schlampig, alt und häßlich.«

»Ihr täuscht Euch, Zio Martinu. Das ist ja das Unglück, sie bekommt keine Kinder, da bleibt sie lange schön und jung.«

»Was weißt du davon, Elias Portolu?«

»Meine Mutter hat es gesagt; sie versteht sich darauf. Ich glaube, daß Pietros schlechte Laune vor allem davon kommt. Zio Martinu, Ihr verratet mich doch nicht. Ich vertraue Euch so viele Dinge an, die ich nicht einmal meinem Beichtvater sagen würde.«

»Wenn du glaubst, daß ich dich verrate, solltest du mich nicht rufen lassen. Ich habe schon ganz andere Sachen gehört! Im übrigen«, fuhr der Alte fort, »ob sie Kinder bekommt oder nicht, darauf kommt's nicht an, auch ohne Kinder wird sie sich abarbeiten.«

»Glaubt doch das nicht, Zio Martinu. Sie gehört zu den Frauen, die im Lauf der Jahre, selbst wenn sie nicht glücklich sind, immer schöner werden. In unserem Hause gibt's nicht viel Arbeit, und wenn der Mann sie auch schlecht behandelt, die anderen, besonders meine Mutter, vergöttern sie. Äußerlich wird es ihr gut gehen; sie wird immer schön bleiben. Außerdem liebe ich sie nicht wegen ihrer Schönheit! Ich liebe sie, weil ... sie es ist ...!«

»Sie wird aber alt werden. Ihr werdet beide alt werden.«

»Ach, bis dahin ist noch viel Zeit! Was sagt Ihr da, Ihr, der Ihr doch weise seid? Wißt Ihr denn nicht, was Jugend ist? Wir werden schließlich in Todsünde fallen, und dann, was dann?«

»Aber glaubst du denn, Elias Portolu, daß alles zu Ende ist, wenn du Priester wirst? Der Mann, der Jüngling in dir stirbt damit nicht, er kann genauso sündigen, und dann ist es keine Sünde mehr, sondern ein Frevel gegen Gott.«

»Aber nein! Was sagt Ihr da?« rief Elias entsetzt aus. »Dann wird alles ganz anders. Sie wird mich nicht mehr ansehen; und dann lasse ich mich auch in ein anderes Dorf versetzen.«

»Gut, mein Sohn, das ist alles gut. Aber laß mal alle anderen Dinge beiseite. Sag mir, du bist doch kein Knabe mehr, nehmen sie dich denn überhaupt noch? Um Priester zu werden, braucht man Zeit und Geld; man muß studieren. Wer weiß, ob dies alles zu meistern ist, wer weiß, ob du in der Zwischenzeit der Versuchung standhältst!«

»Wenn ich erst mein Vorhaben angekündigt habe, ist mir nicht mehr bange: sie wird mich nicht mehr ansehen, und ich werde mich bezwingen. Es ist wahr, ich bin kein Knabe mehr, aber ich bin auch noch nicht dreißig Jahre alt wie jener Hirte, der seine Herde verkaufte und in weniger als drei Jahren Priester wurde.«

»Schon gut, schon gut. Aber ich sage dir noch etwas anderes: die Leute, die nur aus Lebensüberdruß, gar aus Liebeskummer Priester werden, gefallen mir ganz und gar nicht. Man muß in jungen Jahren anfangen, man muß es aus Berufung tun.«

»Die Neigung habe ich und habe sie immer gehabt, schon als Knabe, und an *jenem Ort* habe ich sie wieder verspürt. Ich denke nicht, Zio Martinu, daß ich aus Faulheit Priester werden will, wegen des Verdienstes oder um gut zu leben, wie so viele andere. Es ist, weil ich an Gott glaube und weil ich die Versuchungen der Welt überwinden möchte.«

»Das ist nicht genug, Elias Portolu. Der Mann, der Priester wird, muß nicht allein das Böse von sich weisen, sondern auch das Gute tun. Er muß nur für die anderen leben – mit einem Wort, er muß der anderen wegen Priester werden, nicht um seiner selbst willen. Du dagegen willst für dich allein Priester werden, um deine eigene Seele zu retten, nicht die der anderen. Denke gut darüber nach, Elias Portolu. Habe ich recht, ja oder nein?«

Elias wurde nachdenklich, denn er fühlte, daß der alte Weise recht hatte, ja, aber er wollte, er konnte nicht klein beigeben.

»Nun«, sagte er, »so ratet Ihr mir also davon ab, Zio Martinu? Dann denkt aber auch Ihr nach, ob Ihr recht daran tut oder nicht. Prüft Euer Gewissen.«

Zio Martinu, der niemals aus der Fassung geriet, schien von Elias' letzter Bemerkung getroffen; seine durchdringenden Augen blickten in die Weite, in den dunstverschleierten Horizont, während er versunken geheimnisvollen Stimmen lauschte, die in der großen Stille der Wildnis vibrierten.

»Mein Gewissen würde mir sagen, in Wut über dich zu geraten, Elias Portolu«, sagte er nach kurzem Schweigen. »Dein Vater hat recht, du bist kein Mann, du bist ein Hampelmann, ein Schilfrohr, das sich beim ersten Windstoß biegt. Darum bist du in eine Frau verliebt, die du nicht besitzen kannst, nicht hast besitzen wollen, darum willst du auch ein schlechter Priester werden, während du ein rechter und rechtschaffener Mann sein könntest. Adler müssen wir sein, nicht Drosseln, Elias, dein Vater hat schon recht!«

Während Elias bei diesen harten Worten ganz klein wurde, fuhr der Alte fort: »Weißt du, was Leid ist, Elias Portolu? Ah, du glaubst, die ganze Bitterkeit des Lebens schon gekostet zu haben, weil du im Kerker gesessen hast und weil du dich in die Frau deines Bruders verliebt hast. Was ist das schon? Nichts. Ein Mann pfeift auf solche Kleinigkeiten. Leid ist etwas anderes, Elias, etwas ganz anderes. Hast du schon einmal die Angst empfunden, ein Verbrechen begehen zu müssen? Und dann die Reue? Und das Elend, weißt du, was das Elend ist? Weißt du, was Haß ist? Zusehen, wie dein Feind, dein Nebenbuhler triumphiert, dein Gut an sich reißt und dich dann noch verfolgt? Bist du schon verraten worden? Von der Frau, vom Freund, vom Verwandten? Hast du schon einmal Jahr um Jahr einen schönen Traum geträumt und dann zugesehen, wie er sich wie eine Wolke auflöste? Und hast du erlebt, was es bedeutet, schließlich an nichts mehr zu glauben, auf nichts mehr zu hoffen, alles leer um sich herum zu sehen? Nicht mehr an Gott glauben oder Ihn für ungerecht halten, Ihn hassen, weil Er dir alle Wege geöffnet und dir dann einen nach dem anderen versperrt hat. Weißt du, was das bedeuten will, Elias Portolu, weißt du das?«

»Zio Martinu, Ihr macht mir angst«, murmelte Elias.

»Nun siehst du, welch ein Mann du bist! Vor einer bloßen Schilderung von Menschenleid erschrickst du schon. Geh, steh auf und geh, Elias Portolu, geh, geh, geh! Du bist jung, du bist gesund! Geh, schau dem Leben ins Gesicht, sei ein Adler, keine Drossel! Der Herr ist groß, und oft hält er Freuden für uns bereit, wie wir sie nicht einmal geahnt haben! Niemals darf der Mensch verzweifeln. Wer weiß, ob du nicht in einem Jahr glücklich bist und über die Vergangenheit lachst? Nun geh!«

Wie in Trance stand Elias auf und schickte sich an fortzugehen; doch der Alte sagte: »Ach, du läßt mich so stehen? Du führst mich also nicht in deine Hütte, gibst mir keine Milch zu trinken?«

»Komm, Zio Martinu. Ich bin verwirrt, ich bin ein rechtes Schaf.«

Schweigend machten sie sich auf den Weg. In der Hütte brachte Elias dem Alten Milch, Wein, Brot und Trauben, und sie sprachen von gleichgültigen Dingen. Vor dem Weggehen kam Zio Martinu plötzlich noch einmal auf das Thema zurück.

»Im übrigen ist immer noch Zeit. Wenn du einmal wirklich erfahren hast, was das Leben ist, und willst dich zurückziehen, so tu's. Doch denke an das, was ich dir gesagt habe: Besser ist es, ein rechter Mann der Welt zu sein als ein schlechter Diener des Herrn. Nun leb wohl, hab acht auf dich!«

Elias blieb traurig, aber ruhig zurück; er fühlte sich sogar gestärkt und schämte sich seiner vergangenen Schwäche.

Der alte Eber hat recht, man muß ein Mann sein, dachte er, man muß ein Adler sein, keine Drossel. Ich will stark sein – ein guter Christ, ja, aber stark. Und einige Tage lang war er zwar traurig, aber nicht verzweifelt und versuchte alles, um die schwermütigen Gedanken zu verjagen.

Der Herbst in der Tanka war außergewöhnlich mild und lieblich. Der Himmel hatte sich wieder aufgeheitert und nahm jene unbeschreibliche, zarte Tönung an, die dem sardischen Herbsthimmel eigen ist. Es schien, als läge im fernen Horizont, im fast milchweißen Hintergrund das Meer. An manchen Abenden schimmerte der Horizont im weiß-rosa Perlmuttglanz, und mattblaue Wolken lagen wie Schiffsegel darauf. Vor der Helligkeit des Himmels zeichnete sich tiefdunkel der Wald ab; nur von den Büschen fielen die Blätter, während die wenigen Eichen, die sich hier und da in der Weite der Tanka verloren hatten, sich erst vergoldeten. Das zarte, dichte Gras wuchs empor und bedeckte die braunen Stoppeln; Waldblumen, vor allem nah am Bach, öffneten ihre melancholischen violetten Blütenblätter.

Die Sonne verbreitete in jedem Winkelchen wohltuende Wärme, auf den Büschen, auf den Mauern, auf den Felsen; und in diesem milden Sonnenschein erschien die Tanka, unter dem zarten Himmel, mit ihren Wiesen von kurzem, feinem Gras, noch ausgedehnter, unbegrenzt, als verlören sich ihre Enden an den Ufern der stillen Meere des Horizonts.

Das Leben bei den Schafen war ruhig, weniger mühevoll in dieser Jahreszeit.

Zio Portolu war häufig fort, und Mattia führte ein eher zurückgezogenes, schweigsames Leben. Er liebte die Herde, die Hunde, das Pferd; der Kater und das Böcklein, das jetzt ein richtiger Bock wurde, liefen beständig hinter ihm her, und er sprach mit ihnen wie mit Freunden. Seit einiger Zeit beschäftigte er sich eifrig damit, Bienenkörbe aus Korkeiche zu machen, da er sich im nächsten Frühjahr eine Bienenzucht anlegen wollte. Er lebte einfach und hatte keinerlei Laster, nur war er abergläubisch und ein wenig ängstlich. Er glaubte an die umherirrenden Geister der Toten, und in den langen Nächten der Tanka, in denen er den Schafen nachging, war er mehrmals bleich vor Schreck geworden: er glaubte, in der Luft ein seltsames Zucken zu sehen, sonderbare Tiere, die geräuschlos vorbeihuschten, und in der fernen Stimme des Waldes, in der unendlichen Einsamkeit der Büsche und Felsen hörte er oft geheimnisvolles Wehklagen, Seufzen und Flüstern.

Elias beneidete seinen Bruder ein wenig um seinen Charakter und seine Einfalt.

Immer stillvergnügt wie ein Junge von sieben Jahren ist er, dachte er. An was denkt er? Was wünscht er sich? Er hat noch nie gelitten, und vielleicht wird er auch nie leiden; er ist nicht besonders stark, aber immer noch stärker als ich.

In jenen letzten Herbsttagen jedoch, nach der Unterredung mit Zio Martinu, glaubte Elias endlich eine gewisse Willenskraft errungen zu haben; zumindest gelang es ihm, sich zu bezwingen, und er faßte gute Vorsätze für die Zukunft. Aber eines Tages, als er ins Dorf zurückkehrte, fand er Pietro und Maddalena in heftigem Streit. Pietro säte zu dieser Zeit gerade Weizen; der Samen wurde in einer alten sardischen Truhe aus schwarzem Holz aufbewahrt, die im Zimmer der jungen Eheleute stand. Nun meinte Pietro, es fehle etwas davon, und er zankte darüber mit seiner Frau.

»Was glaubst du denn, daß ich damit gemacht habe?« sagte Maddalena ziemlich gekränkt. »Kuchen oder Backwerk? Du weißt doch, daß es in deinem Haus keine Geheimnisse gibt und daß deine Mutter alles sieht, was ich tue.«

»Sie hat recht, mein Sohn«, pflichtete Zia Annedda bei. »Von dem Weizen kann nichts weggekommen sein. Was sollten wir denn auch damit machen?«

»Das wißt ihr wohl selbst am besten! Ihr Frauen macht ja, was ihr wollt, habt heimliche Wünsche, irgendwelche Albernheiten, und aus irgendeiner Laune heraus fallt ihr über die Vorräte her, bringt Euer Hab und Gut durch und betrügt den armen Mann, der das ganze Jahr für euch arbeitet.«

Pietro sprach in der Mehrzahl, aber Maddalena wußte, daß jedes Wort auf sie gemünzt war.

»Sprich mit mir«, sagte sie gereizt. »Zieh deine Mutter nicht mit hinein. Der Weizen war in unserer Kammer.«

»Von dort ist er auch weggekommen.«

»Heißt das, daß ich ihn genommen habe?«

»Ja«, schrie Pietro.

»Du Lump!«

»Lump, wer? Ich? Nun seht mal an, Arrita Scadas Tochter! Verflucht sei die Stunde, wo ich dich genommen habe!«

Dem folgten noch andere Schmähreden. In diesem Augenblick kam Elias heim, und Zia Annedda ging in den Hof, um ihm beim Abladen der Säcke vom Pferd zu helfen. Elias hörte den Wortwechsel, und sein Herz krampfte sich zusammen.

»Was haben sie?« fragte er durch die Zähne. »Weshalb haben sie sich überworfen? Ah!« sagte er dann laut, nachdem die Mutter ihm etwas zugeflüstert hatte. »Das ist abscheulich. Ist Pietro denn verrückt geworden? Unser Haus kommt noch in Verruf, wenn das so weitergeht. Das muß jetzt aufhören!«

»Im Gegenteil, wir fangen erst an!« sagte Pietro, der mit zornfunkelnden Augen an die Tür getreten war. »Und du kümmere dich gefälligst um deine Sachen, wenn du nicht auch was abkriegen willst.«

»Mensch«, schrie Elias, »hüte deine Zunge!«

»Hüte deine eigene. Ich bin ein Mann, aber du bist ein Jammerlappen. Misch dich bloß nicht in meine Angelegenheiten.«

»Hört auf, Kinder, hört auf. Was ist das? So was haben

wir noch nie im Haus gehabt!« jammerte Mutter Annedda leichenblaß.

»Ich bin der Herr im Haus!« prahlte Pietro. »Das sollt ihr zu spüren bekommen. Ich bin der Herr, und wenn's Leute gibt, die hier befehlen wollen, so will ich sie zertreten wie Heuschrecken!«

Sie traten in die Küche, und als Maddalena Elias sah, Pietros und Zia Anneddas Worte gehört hatte, fing sie an zu weinen. Das brachte Elias nur noch mehr gegen Pietro auf, und Pietro gegen Maddalena.

»Ja, das ist recht, heul nur. Ihr Weiber, tut eure Pflicht, sonst wird bald jemand Bekanntschaft mit dem Stock machen!«

»Versuch's nur, du Memme!« schrie Maddalena und richtete sich drohend auf. »Elender, Verleumder, Feigling...«

Pietro wurde dunkelrot vor Zorn, stürzte sich auf sie und brüllte: »Sag das noch einmal, wenn du's wagst...«

»Du bist betrunken...«

»Hör auf!« schrien Zia Annedda und Elias zugleich und hielten ihn zurück.

Und Maddalena schluchzte und wiederholte: »Verleumder, Feigling, Feigling, Feigling...«

»Jetzt werde ich dir mal zeigen, ob ich betrunken oder ein Feigling bin!« heulte Pietro auf, riß sich los, warf sich auf sie und gab ihr eine Ohrfeige.

Elias erbleichte, er fühlte, wie er zitterte. Zum Glück hielt Zia Annedda ihn zurück, und Pietro hatte noch soviel Besinnung wegzugehen, sonst wäre noch ein Unglück geschehen.

»Das ist erst der Anfang«, schrie Pietro höhnisch vom Hof her. »Hättest du sie doch geheiratet, Bruder, dieses Juwel! Jetzt werde ich mich betrinken, und wenn ich zurückkomme und noch einer aufmuckt, werden wir ja sehen, wer der Löwe ist und wer der Molch!«

Damit ging er fort. Maddalena hatte aufgehört zu weinen, kaum daß sie die Ohrfeige erhalten hatte; sie war leichenblaß geworden und zitterte am ganzen Körper vor Zorn und vor Schmerz; doch sie hatte augenblicklich begriffen, daß sie großes Unglück über die Familie bringen würde, wenn sie ihr Verhalten nicht änderte.

»Es ist meine Schuld«, sagte sie mit zitternder Stimme. »Verzeiht mir, es wird nicht wieder vorkommen. Ich habe das Kreuz auf mich genommen, nun muß ich auch lernen, es zu tragen. Verzeiht mir, verzeiht das Ärgernis, verzeiht meine raschen Worte. Ach!« sagte sie dann, während Elias bleich und schweigend sie mit den Augen verschlang und Zia Annedda die Tür schloß. »Wenn nur meine Mutter und die Brüder nichts davon erfahren!«

Sie ist eine Heilige! dachte Elias. Ach, er hat sie nicht verdient, er ist ein wildes Tier!

Hättest du sie doch geheiratet! Diese Worte Pietros tönten in seinem Kopf, in seinem Herzen wieder, im Brausen seines aufgewühlten Blutes.

Was habe ich gemacht! Was habe ich gemacht! Welch ein nicht wiedergutzumachender Irrtum. Nun sind sie unglücklich, weil sie ihn nicht liebt, und er ist mit Recht wütend darüber, und ich ... was bin ich? Ich bin noch unglücklicher als sie, ich liebe sie mehr denn je, und ich ...

Er fühlte den leidenschaftlichen Wunsch, Maddalena in die Arme zu nehmen und sie mit sich fortzutragen. Jetzt war es Zeit, jetzt war es Zeit! Wer trennte sie? Was trennte sie?

Doch Zia Annedda trat wieder ein, und er kehrte in die Wirklichkeit zurück.

Während des restlichen Abends hatte er jedoch Gelegenheit, mit Maddalena allein zu sein. Sie saß neben der geöffneten Tür und arbeitete schweigend; von Zeit zu Zeit seufzte sie schwer, und ihre Lider waren violett. Elias ging hinaus, kam wieder herein, konnte sich nicht entschließen fortzugehen: ein unseliger Zauber zog ihn an die geöffnete Tür und zwang ihn, um die junge Frau zu kreisen wie ein Schmetterling um das Licht. Er hielt Maddalena für unglücklicher, als sie es vielleicht in Wirklichkeit war, und empfand ihren Schmerz mehr noch als den eigenen. Schmerzliche, fruchtlose Erinnerungen, unnütze Gewissensbisse, Zorn gegen Pietro, unselige Wünsche verwirrten ihn. In solchen Augenblicken der Leidenschaft hätte er sein Leben gegeben, um Maddalena zu trösten, und doch brachte er nicht ein Wort über die Lippen und ärgerte sich heimlich über seine Schüchternheit.

»Willst du nicht gehen?« fragte ihn Zia Annedda flehend. »Geh doch, mein Sohn, geh; es ist Zeit. Geh, sie warten auf dich, geh.«

»Ich werde schon gehen!« antwortete er schließlich verärgert.

»Ach, mein Sohn, du willst nur Streit anfangen. Geh doch, geh! Dein Bruder kommt betrunken zurück, dann haben wir wieder Zank. Ach, meine Kinder, ihr seid ohne Gottesfurcht, die Versuchung treibt euch um!«

Maddalena seufzte fast stöhnend, und Elias fühlte sich von den Worten seiner Mutter getroffen. Ja, das war es: der Teufel versuchte ihn, und er brannte auf die Rückkehr seines Bruders, um ihn zu beschimpfen, um ihm den Schmerz und die Demütigung Maddalenas heimzuzahlen. Doch das war noch nicht alles; er betrachtete Maddalena schon jetzt mit anderen Augen als zuvor. Mit plötzlichem Schrecken wurde er sich dessen bewußt.

Ich richte mich zugrunde, ich richte uns zugrunde,

dachte er. Was hat nun mein Opfer genützt? Um meinen Bruder nicht unglücklich zu machen, habe ich ihm die Braut gelassen, und jetzt bin ich es, ich selbst, der ihn ins Unglück stürzen will. Bin ich denn wirklich dazu imstande? Ich? Ich? fragte er sich erstaunt. Er kam sich vor wie ein Dieb, er staunte und erschrak über seine plötzliche Veränderung. Ich muß fort, und ich darf nicht wieder zurückkommen, dachte er schließlich.

So entschied er sich zum Gehen, zur Erleichterung seiner Mutter, die diesen Augenblick mit Bangen erwartete. Maddalena blieb auf ihrem Platz; sie hob nicht einmal ihre schweren, dunklen Lider einer schmerzerfüllten Madonna, doch er umfaßte sie beim Hinausgehen mit einem verzweifelten Blick und machte sich auf den Weg, den Tod im Herzen.

Von diesem Tag an ergriff ihn ein tiefer, unseliger Schmerz: er begann, an sich und an allem zu verzweifeln und seine Mitmenschen zu hassen. Bis dahin hatten seine Verzweiflung und sein Verlangen nach Einsamkeit etwas Sanftes, Gutes gehabt, jetzt wurden sie begleitet von dem instinktiven Wunsch nach Rache, brennend, böse. Elias Portolu fühlte, daß das Schicksal, die tückische Sphinx, die die Menschen quält, ungerecht gegen ihn gewesen war; er hatte versucht, das Gute zu tun, indem er sich selbst opferte, und statt dessen hatte sich das Gute zum Bösen gewandt. Warum? Hatte das Schicksal denn das Recht, so mit den Menschen zu spielen? Unter dem bleichen Herbsthimmel, in der unermeßlichen Einsamkeit der Tanka, in der geheimnisvollen Schwermut der öden Landschaft, des verschwommenen Horizonts, stellte sich die Seele des Hirten die schrecklichen Fragen des denkenden Menschen. Doch es gelang ihm nicht, eine Antwort darauf zu finden. Ihm blieb nur der Schmerz, und im Schmerz verlor sich nicht nur der Glaube; der Dämon der Auflehnung begann sich zu regen.

Mehrmals hatte Elias, wenn er an den Grenzen der Tanka umherirrte, von weitem Zio Martinu gesehen, den alten Heiden, dessen aufrechte Gestalt die traurige, unheilvolle Landschaft beherrschte und zugleich eins mit ihr war; doch in seiner Wut war Elias ihm immer ausgewichen.

Er ist ein altes Ungeheuer! dachte er. Was ist das Leid? Was ist das Leid? Er, der steinerne Alte, hat sich über mich lustig gemacht, aber mit all seinen Verbrechen und all seinem Unglück, in all seiner Weisheit weiß er nicht, daß ich an einem Tag mehr leide als er während seines ganzen Lebens. Er soll mir bloß nicht wieder mit seinen Predigten kommen, sonst schlage ich ihm den Schädel ein.

Und dennoch fühlte er, daß der Alte ihm nichts Böses getan hatte, im Gegenteil, wenn er nur seinen Ratschlägen gefolgt wäre!... Aber er war wütend auf alle, vor allem auf sich selbst, und er fühlte ein grausames Verlangen, jemandem weh zu tun, wäre es auch nur einem Kind, nicht um dabei Vergnügen, sondern um Schmerz zu empfinden.

In der Tat kam oft ein kleiner Junge, der Sohn eines benachbarten, sehr armen Hirten, zu ihnen in den Schafstall. Er war ein wenig schwachsinnig, aber gutmütig, zerlumpt und so mager und braun wie eine kleine Bronzefigur. Fast jeden Tag kam er in die Hütte der Portolus und spielte friedlich mit dem Kater, dem Schweinchen und den Hunden. Elias gab ihm oft Brot, Obst und Milch, auch Wein, und der Junge war ihm sehr zugetan. Aber ein einziger Tag machte alles zunichte. Elias war allein in der Hütte, übelster Laune. Mattia hatte am Abend zuvor schlechte Nachrichten von zuhause gebracht. Pietro betrank sich jedesmal, wenn er von der Arbeit zurückkam und beschimpfte und schlug dann Maddalena. Der Junge kam barfuß, mit leisen Schrittchen heran, streichelte den Hund und trat dann in die Hütte.

»Was willst du?« herrschte Elias ihn an.

»Gib mir Milch.«

»Wir haben keine.«

»Gib mir Milch, gib mir Milch, gib mir Milch«, fing der Knabe wieder an und bat immer weiter.

Elias empfand eine unüberwindliche körperliche Gereiztheit; er nahm den Kleinen beim Arm und scheuchte ihn mit Fußtritten hinaus, weit weg, wobei er ihn beschimpfte wie einen Erwachsenen und ihm verbot, jemals wiederzukommen. Das Kind ging fast würdevoll fort, ohne ein Wort zu sagen, aber bald darauf hörte Elias es in der Ferne weinen, ein trostloses, verzweifeltes Weinen, das herzzerreißend durch die Einsamkeit klang. Ein wollüstiger Zorn gegen sich selbst ergriff ihn, ein heftiger Drang, sich die Finger blutig zu beißen. Dieses Weinen erschien ihm als das Echo seines eigenen Schmerzes; eine grenzenlose Verzweiflung überwältigte ihn.

Ich bin eine Bestie, ich bin verloren. Aber sind die anderen denn anders als ich? Wir sind alle schlecht, nur mit einem Unterschied: die anderen haben keine Skrupel und genießen, und ich leide, weil ich ein Esel gewesen bin, weil ich jemandem Gutes getan habe, der es gar nicht verdiente.

Jetzt stiegen auch beharrlich wieder die Erinnerungen an *jenen Ort* aus den Tiefen seiner Seele, aber der Schmerz, den er durch die Verurteilung erlitten hatte, erschien ihm nichts im Vergleich zu dem Schmerz, den er jetzt empfand. Doch die Erinnerung an das Leiden von damals vergrößerte das gegenwärtige; vergessene Einzelheiten kamen ihm wieder in aller Schärfe in den Sinn: die

Erinnerung an die Demütigungen, die Quälereien, die Gewalttaten der *Folterknechte*, wie er die Gefängnisaufseher nannte, trieb ihm die Zornröte ins Gesicht. Ha, wenn er jetzt einen davon in den Händen hätte, in diesem Augenblick, hier in der einsamen Tanka! ...

Ich würde ihn abschlachten, dachte er und fletschte die Zähne, und dann das Blut vom Messer lecken!

Es schien, als wütete ein wildes Tier in dem bleichen, nach außen so sanften jungen Mann, den man oft mit gespreizten Beinen auf der Türschwelle sitzen sah, die Ellbogen auf die Knie gestützt, vertieft in die Lektüre der Heiligenbücher.

Unterdessen kam die Kälte, die ungeheure Trostlosigkeit des Winters in der Einsamkeit, und Elias mit seiner angegriffenen Gesundheit litt sehr unter ihr. Die langen Regentage, der Schnee und die Mühsal – denn der sardische Hirte, der mit seiner Herde ohne festes Dach über dem Kopf lebt, arbeitet und leidet im Winter mehr als sonst –, die Unbehaglichkeit der ständig verrauchten, zugigen Hütte und der Kampf gegen die Elemente erschöpften schließlich Elias' körperliche und seelische Kräfte.

In dieser Zeit, während mancher Schneestürme, in denen die Schafe erfroren, kam dem jungen Mann wieder die Idee in den Sinn, Priester zu werden. Doch wie anders als vorher! Im harten Kampf gegen die Elemente und gegen sich selbst verzweifelte er mehr denn je, fühlte den rebellischen Wunsch nach einem angenehmen Leben, sehnte sich nach Ruhe und sah seine einzige Rettung in einem Wechsel seines Standes.

Währenddessen zog ein böser Zauber ihn häufig ins Dorf, in das warme Häuschen, wo Maddalena am Herdfeuer arbeitete. Zwischen den Eheleuten herrschte jetzt leidlicher Friede. Zumindest war Maddalena vorsichtig geworden, und manchmal hörte man nur die Stimme des betrunkenen Pietro. Ob sie glücklich war oder nicht, Elias war nicht mehr imstande, darauf achtzugeben. Der schlechte Samen war aufgegangen; das Gefäß hatte sich Tag für Tag mehr gefüllt, es fehlte nur ein Tropfen, um es zum Überlaufen zu bringen. Elias gab sich insgeheim ganz und gar seiner Leidenschaft hin. Er meinte: Niemand wird es je erfahren, am allerwenigsten sie; doch sie sehen, sie anschauen, wer kann mich daran hindern? Was tue ich denn Böses? Ich habe keine andere Freude. Habe ich denn nicht das Recht auf ein wenig Freude?

Und er sah sie häufig und schaute sie an, und instinktiv wünschte er, daß sie es bemerken solle; und sie bemerkte es sehr wohl und erwiderte unbewußt seine Blicke. Und wenn ihre Blicke sich begegneten, überkam sie ein Schauer, ihr Leben stand einen Moment still, eine traurige Lust ergriff sie wie ein Schwindel.

Sie waren nahe daran, sich zu vergessen, nur die Gelegenheit fehlte noch. Gegen Ende des Winters wurde Elias von einer wahren Liebesraserei ergriffen; er überlegte nicht mehr, und zwischen den entsetzlichen Qualen empfand er nur das traurige Glück, sich von Maddalena wiedergeliebt zu fühlen. Alles, was ihm früher als Sünde und Qual erschienen war, empfand er jetzt als sein Recht, als Freude; alles, was in ihm früher Entsetzen geweckt hatte, zog ihn jetzt in einem Taumel an.

Am letzten Tag des Karnevals wollten Pietro und er, Maddalena und zwei andere junge Frauen sich an der Maskerade beteiligen. Das Ehepaar stand in gutem Einvernehmen, Pietro war sogar unbeschreiblich lustig. Zia Annedda erhob schwachen Protest gegen den Plan dieser Maskerade, aber sie achteten nicht darauf. Die Alte in ihrem schlichten, geraden Sinn mißbilligte das Maskieren, die Tänze, die Verirrungen des Karnevals; sie ließ sich von Maddalena versprechen, wenigstens nicht zu tanzen, vor allem nicht mit Unbekannten und vor allem nicht die Gesellschaftstänze, die den Paaren erlaubten, sich zu umarmen und zu berühren.

Maddalena und die Freundinnen hatten sich als Katzen verkleidet: das heißt, sie hatten zwei dunkle Röcke angezogen, den einen um die Taille, den anderen um den Hals gebunden und den Kopf mit einem Schal umhüllt. Die Männer kamen als Türken mit weiten weißen Unterrökken, die am Knie festgebunden waren, in Frauenmiedern aus leuchtendbuntem Brokat, die sie verkehrt herum angezogen hatten – hinten zugemacht, den Rücken vorn auf der Brust.

Als der Weg einen Augenblick leer war, traten sie hinaus und gingen in die Straßen hinab, wo Nuoro den Anblick einer kleinen Stadt bietet. Die Frauen schritten ein wenig schüchtern einher; sie versuchten ihren Gang zu verstellen, aus Angst, erkannt zu werden, und unterdrückten unter der Wachsmaske ihr kindlich frohes Lachen.

Die Männer stürmten vorwärts, wie um ihren Gefährtinnen Platz zu schaffen. Von Zeit zu Zeit stieß Pietro einen wilden, kehligen Schrei aus und reckte dabei den Hals wie ein Huhn. Dann erinnerte sich Elias an die Freudenschreie der Reiter, die an einem reinen Maimorgen zum heiligen Franziskus geritten waren. Das Herz schlug ihm: er kannte ein wenig die Gesellschaftstänze, die er an *jenem Ort* gelernt hatte, und vom ersten Augenblick an hatte er sich gesagt: Ich tanze mit Maddalena.

Was kümmerte das Verbot seiner Mutter, das Versprechen Maddalenas ihn! Er brannte vor Begierde, mit ihr zu tanzen, und hätte jedes Hindernis überwunden, um seine Absicht zu erreichen.

Eine wilde, rebellische Gewalt wütete in ihm; war es ihm früher gelungen, sich zu bezwingen, das Wohl der anderen zu wünschen, so spürte er jetzt die ganze Kühnheit des Bösen und verlangte nur danach, seine niedrigsten Triebe zu befriedigen. Er fühlte, wie sein Gesicht unter der Maske glühte, und das enge, lästige Gewand erhitzte alle seine Glieder. Außerdem war der Tag warm und trübe; in der Milde der Luft fühlte man schon das Nahen des Frühlings.

Die Straßen waren voller Menschen; geschmacklose und gemeine Masken gingen auf und ab, in einem Schwarm lärmender, schmutziger Straßenjungen, die Schimpfwörter und unanständige Worte brüllten. Einzelne, grell gekleidete Masken zogen vorbei, von den prüfenden und spöttischen Blicken der Arbeiter und Bürger verfolgt. Damen, Kinder, Mägde in blutroten Miedern, Scharen betrunkener Bauern drängten sich an bestimmten Abschnitten des Korso.

Melancholisch stiegen die Weisen von Gitarre und Akkordeon in die feuchtwarme Nebelluft, in der die Klänge deutlicher zu vernehmen waren, wie in der Herbstdämmerung.

Das alles reichte hin, um Elias' Seele, die an die große Einsamkeit der Tanka gewöhnt war, in Unruhe zu versetzen. Umsonst hatte er geglaubt, die Welt kennengelernt zu haben, gegen alles gerüstet zu sein, weil er das Meer überquert und die traurige Menge an *jenem Ort* kennengelernt hatte: ach, nun genügte dieser kleine Karneval in Nuoro, dieses bunte Häuflein, die melancholische Quadrille, die ein verirrtes Akkordeon vor sich hinschluchzte, damit sich seine Seele in dieser Welt nicht mehr zurechtfand, die nicht die seine war, damit die Dinge ihm in einem anderen Licht erschienen als sonst. Es schien ihm, als sei diese ganze Menge, die dort umherging, sprach und lachte, glücklich, ja sogar berauscht von Glück. Da gab auch er sich hemmungslos dem Rausch seiner Sehnsüchte hin, dem unwiderstehlichen Drang nach Freude und Lust.

Pietro und er hatten nun beim Gehen die Frauen zwischen sich genommen, um sie gegen die Stöße und Frechheiten der Straßenjungen zu schützen. Maddalena ging in der Mitte, doch sie beugte sich ab und zu vor und sah bald ihren Mann, bald Elias an, der jedesmal die Blicke jener glühenden, schräggestellten Augen unter der Maske erwiderte.

»Machen wir doch irgend etwas, bleiben wir erst mal stehen. So auf und ab gehen ist wirklich blödsinnig«, sagte Elias zu seiner Gefährtin.

»Wie ihr wollt«, antwortete diese und teilte Maddalena den Wunsch des jungen Mannes mit. Alle blieben stehen.

»Was sollen wir denn machen?« fragte Maddalena.

»Tanzen. Schaut, da tanzen sie, gehen wir doch hin!«

»Dein Bruder möchte tanzen«, sagte Maddalena zu Pietro.

»Nein.«

»Doch«, sagten die Frauen.

»Meine Mutter will es nicht.«

»Tanzen wir den Sardentanz.«

Und die drei Frauen drängten freudig vorwärts und liefen zu dem Platz, wo man zur Akkordeonmusik tanzte. Bauern, Straßenjungen, Arbeiter, fast alle mit bleichen, häßlichen Gesichtern, neugierig und unverschämt, standen im Kreis um einige maskierte Paare, die sich beim Tanzen gegenseitig stießen und lachten.

Ein Mann in Frauenkleidern, mit rotem, bärtigem Gesicht, die Maske in den Nacken geworfen, spielte mit wichtiger Miene auf einem Akkordeon, die gesenkten Augen auf die Tasten geheftet. Es war eine Polka, ziemlich gut gespielt, aber traurig, melancholisch wie die Weise eines Leierkastens.

Unsere Masken durchbrachen den Kreis der Neugierigen und drängten auf den Platz, wo getanzt wurde; einige Paare blieben atemlos und müde, aber noch voller Tanzlust stehen. Keiner wies die Neuankömmlinge zurück, im Gegenteil, ein als Mönch verkleideter Mann mit gelb gefärbtem Gesicht forderte gleich eine unserer Masken zum Tanz auf, die sich nicht zweimal bitten ließ. Elias fand sich neben Maddalena wieder; er zitterte vor Verlangen zu tanzen, aber jetzt, wo der Augenblick gekommen war, wagte er es nicht, aus Angst vor Pietro.

»Spiel den Sardentanz«, rief dieser dem Musikanten zu.

Der Musikant hob seine Augen, richtete sie einen Augenblick fest auf die Türkenmaske, spielte aber weiter.

»Ruhig!« schrien die Paare, die an Pietro vorübertanzten.

»Nun ja, ruhig«, sagte dieser ganz beschämt wie zu sich selbst.

»Tanzt doch auch, los!« sagte die Maske, die mit dem Mönch tanzte, als sie an den Freundinnen vorbeikam.

»Ja, tanzen wir, tanzen wir. Was tun wir denn sonst hier?« schmeichelte die andere Maske, an Pietro gewandt.

Er sah ihr in die Augen, öffnete die Arme und sagte: »Gut, tanzen wir, sonst stirbst du wohl vor Sehnsucht. Sieh dich aber vor, ich kann nicht tanzen, und wenn ich dir auf die Füße trete, bist du selbst schuld.«

Er nahm sie in die Arme und machte wilde, komische Sprünge mit ihr. Zum Glück kam bald eine Maske in langem Umhang aus Wollgewebe, an den Hüften mit einem Strick zusammengehalten, und befreite seine Tänzerin, indem er Pietro bat, sie ihm abzutreten. Dieser trat zurück, blieb stehen und sah, daß Elias und Maddalena miteinander tanzten.

Die können aber tanzen! sagte er sich gutmütig. Wenn das Zia Annedda sähe, würde sie sie verprügeln, so wahr ich hier stehe!

Elias und Maddalena tanzten gut, verhalten, achteten aber wenig auf den Tanz. Sie wußten kaum, wie es gekommen war, daß sie einander in den Armen hielten, betäubt von einer namenlosen Trunkenheit. Elias fühlte, wie sein Herz fast ängstlich klopfte, und Maddalena sah die bleichen, häßlichen, unverschämten Gesichter taumelnd um sich kreisen.

Ich möchte reden, aber was soll ich ihr sagen? dachte Elias und hielt sie mit verzweifeltem Druck umfaßt, unter dem dunklen Rock, der vom Hals über ihren Oberkörper herabfiel. Doch vergeblich suchte er voller Angst nach einem Wort, nach einem einzigen Wort, das er ihr sagen könnte. Er verspürte nur den verrückten Wunsch, sie mit seinen Armen aufzuheben, den Kreis der Gaffenden zu durchbrechen, zu fliehen, weit fort in die Einsamkeit, in einem einzigen Schrei seine namenlose Qual, seine ganze Leidenschaft hinauszubrüllen. Doch da war Pietro, unbeweglich, grauenhaft wie eine Sphinx unter seiner grinsenden Maske, und Elias empfand seit einiger Zeit eine seltsame Angst vor seinem Bruder.

Wußte Pietro etwas? Ahnte er etwas? Konnte er so dumm sein? Er mußte doch die grausame Leidenschaft in den Augen des Bruders gelesen haben.

Und was kümmert es mich? dachte Elias, nachdem er sich mit Entsetzen diese Frage gestellt hatte. Er soll es ruhig sehen, er soll mich ruhig totschlagen; er täte mir sogar einen Gefallen damit.

Und er fühlte keinerlei Groll gegen Pietro, nur Angst,

und oft auch ein sonderbares, kindliches Mitleid mit dem Bruder.

Er ist unglücklicher als ich: er liebt seine Frau, und sie liebt ihn nicht, dachte er. Pietro, mein Bruder, welchen Irrtum haben wir begangen!

Während er tanzte, hin- und hergeworfen vom Ansturm seiner verrückten Wünsche, gingen ihm all diese Gedanken wirr durch den Kopf, und er empfand Leidenschaft, Mitleid, Furcht, Schmerz und Lust zu gleicher Zeit. Der Klang des Akkordeons, das Lärmen der Menge, das verschwommene Bild der Gesichter und der Farben, die Bewegung, die Maske, die Berührung mit Maddalena verwirrten ihn und brachten sein Blut zum Sieden. Es kam ein Augenblick, wo er nichts mehr sah: Keuchend beugte er sich über Maddalena und sagte etwas, was sie nicht verstand, was sie aber die Augen zu ihm aufschlagen ließ. Er sah sie lange an, verzweifelt; und von diesem Augenblick an hatte er nur noch einen einzigen Gedanken, beharrlich, verzehrend.

Der Tanz hörte auf; der Kreis der Neugierigen löste sich auf, und unsere Masken irrten wieder mit der Menge durch die Straßen. Dann senkte sich der Abend herab, trübe, verhangen, und Elias, der den Gefährten wie in einem Traum folgte, fand sich mit einem Mal auf dem Fußpfad wieder, vor dem stillen Häuschen, der Hecke, die in der Dämmerung unbeweglich vor ihm lag. Die Katze saß still auf dem Fensterbrett und starrte in die Ferne, als sei sie in die Betrachtung der grauvioletten Berge versunken, die den Horizont beschlossen. Man sah das Feuer am Herd brennen.

Zia Annedda saß wartend im Hof, die Hände unter der Schürze gefaltet. Sie betete, um die Versuchung zu bannen, die ihre maskierten Kinder ins Verderben stürzen konnte (für sie war die Maske ein Symbol des Teufels), und als nun die kleine Gesellschaft hereinbrach, schrak sie leicht zusammen. Vielleicht hatte ein böser Geist ihr zugeflüstert, daß ihr Gebet vergebens war, daß der Teufel siegte, daß mit der Rückkehr ihrer verkleideten Kinder die Todsünde in das bis dahin so reine Haus einzog.

»Habt ihr euch vergnügt? Ihr kommt sehr spät«, sagte sie vorwurfsvoll.

»Wir haben uns ein wenig verspätet«, bestätigte Maddalena, doch ohne Bedauern. »Kommt, kommt, ich sterbe vor Hitze.«

Sie ging den Freundinnen voran und stieg die kleine Außentreppe hinauf, während Elias sich die Maske abnahm und Pietro, der sie gleich beim Eintritt in den Hof abgenommen hatte, zu dem Wasserkrug lief, ihn emporhob und gierig trank.

»Einen Durst hast du!« sagte Zia Annedda.

»Durst und Hunger, Mutter; gebt mir etwas zu essen, ich gehe noch auf den Maskenball.« Und er ging zum Tisch, der an der Wand befestigt war und auf dem der Korb mit dem Brot und den Essensresten stand. (Die Portolus hatten an diesem Tag ein prächtiges Mittagessen gehabt: gekochte weiße Bohnen mit Speck und Pfannkuchen aus Hefeteig, mit Eiern, Milch und Schnaps.)

»Bist du verrückt?« fragte Zia Annedda. »Der heilige Franziskus stehe dir bei, was willst du da tun? Du wirst mit uns zu Abend essen, und dann gehst du schlafen. Das sind keine Nächte zum Ausgehen. Geh und zieh dich aus.«

»Aber, aber, Mutter! Der Karneval kommt doch nur einmal im Jahr! Ich gehe auf den Ball, und mein Bruder Elias geht auch mit. He, noch vor einem Jahr konnten wir nicht zusammen hin!«

Elias, der rosig und hübsch aussah in seinen Frauenkleidern, verfinsterte sich. Schmerzten ihn die Worte des Bruders? Oder schämte er sich über die plötzliche Freude, die er über Pietros Plan empfand, die Nacht außer Haus zu verbringen.

»Du irrst dich, wenn du glaubst, daß ich zum Ball gehe«, sagte er, dann überwand er sich und fügte hinzu: »Es wäre besser, wenn du auch nicht hingingest!«

»Hörst du, Pietro?«

»Nein, ich gehe hin. Es bleibt dabei, jetzt esse ich, und dann gehe ich. Komm doch auch mit, Elias. Es wird bestimmt lustig werden. Komm und iß.«

»Nein, nein, ich ziehe mich lieber um.«

»Gebt mir Wein, Mutter. Ach, wenn Ihr wüßtet, wie lustig es war! Wir haben ... nein, wir haben nicht getanzt, glaubt doch das nicht, Gott verhüte, daß sie Euch das erzählen!« rief Pietro aus und steckte große Bissen in den Mund. »Ach, man muß die Jugend genießen. Was ist denn Böses daran? Ich kann ja auch nicht tanzen, aber ich amüsiere mich trotzdem. Ei, und die Frauen, wie die sich amüsieren! Oh, und der Mönch! Und die große Kapuze! Ha, ha, ha«, sagte er lachend wie zu sich selbst.

»Nun, dann gib wenigstens acht, daß du das Mieder nicht beschmutzt, der heilige Franziskus stehe dir bei! Möchtest du Käse? Ach, die Versuchung reißt euch hin, meine Kinder, aber dann kommt die Fastenzeit. Da werdet ihr doch wenigstens zur Beichte gehen?«

Elias zuckte zusammen. Seit einigen Sekunden stand er regungslos an der Tür, unentschlossen, als lauschte er einer fernen Stimme.

Und wenn du jetzt mit Pietro ißt und dann mit ihm ausgehst? sagte ihm diese Stimme. Hörst du, was deine Mutter sagt? Wirst du zur Beichte gehen?

Aber er konnte dieser Stimme nicht folgen; ach, die Versuchung siegte über ihn, hielt ihn gepackt; sie war tausendmal stärker als er. Es war nutzlos, sie zu bekämpfen, sie hatte schon gesiegt, seit langem. Er ging sich umkleiden; dann setzte er sich in den Hof auf den Platz, an dem seine Mutter vorher gesessen hatte. Ein einziger Wunsch hielt ihn fest: daß Pietro fortging; eine einzige Angst: daß Pietro zu Hause blieb. Aber bald, nachdem Maddalenas Freundinnen gegangen waren, trat Pietro in den Hof hinaus und sagte zu seinem Bruder: »Du kommst also nicht?«

»Nein.«

»Du bist ein Dummkopf. Ich werde mich jedenfalls amüsieren. Willst du mir das Tor öffnen?«

Elias antwortete nicht; ganz in sich versunken, die Ellbogen auf die Knie gestützt, den Kopf zwischen den Händen, zitterte er innerlich vor Schmerz und Lust; er wagte schon nicht mehr, den Bruder anzusehen. Und Pietro ging fort.

»Komm zum Abendessen«, sagte Zia Annedda zweimal und trat an die Tür.

»Ich habe keine Lust, ich fühle mich schlecht«, antwortete Elias, und er blieb lange so sitzen, unbeweglich, gebeugt, den Kopf zwischen den Händen.

Drinnen hörte er Maddalena fröhlich schwatzen; mit ganz veränderter Stimme, wie er sie noch nie gehört hatte, erzählte sie Zia Annedda alle Einzelheiten des Karnevals und lachte, und sie hatte bestimmt glänzende Augen, ein glühendes Gesicht, eine trunkene Seele. Dann zogen sich die beiden Frauen zurück, und alles wurde still um Elias. Das Feuer brannte noch immer im Herd, eine beängstigende Stille lag in der Luft, auf dem ruhigen Hof, in der verschleierten Nacht.

Elias erhob sich. Das Rückgrat war ihm wie gebrochen, sein Herz klopfte heftig, das Blut lief ihm in Wellen über den Rücken, über den Nacken, stieg ihm zu Kopf und trübte seine Gedanken. Wie bewußtlos schlich er lautlos die Treppe hinauf und klopfte ganz leise an Maddalenas Tür. Sie mußte noch wach sein, denn sie antwortete sofort: »Wer ist da?«

»Öffne«, sagte er mit leiser Stimme, »ich bin es, ich muß dir etwas sagen.«

»Warte«, antwortete sie ruhig.

Kurz darauf öffnete sie.

»Was willst du? Fühlst du dich sehr schlecht, Elias, was hast du?« Während sie dies sagte, blickte sie ihn an und wurde bleich. Vielleicht hatte sie ihm arglos geöffnet, jetzt aber, wo sie ihn leichenblaß, mit den Augen eines Wahnsinnigen vor sich stehen sah, begriff sie alles und geriet aus der Fassung.

Er trat ein und schloß die Tür. Sie hätte schreien und sich retten können, doch sie schwieg und rührte sich nicht.

Siebtes Kapitel

Spät in der Nacht kam Pietro schwer betrunken nach Hause. Elias öffnete ihm das Tor, dann zog er sich zurück; doch vor Tagesanbruch war er schon wieder im Hof, und es dämmerte kaum, als er sich auf den Weg zu den Schafen machte.

Es war eine traurige, graue Morgendämmerung, aber nicht kalt; der Himmel hatte sich mit einer einzigen düsteren Wolke bedeckt, die unbeweglich, wie eine große Steinkuppel auf der leblosen Landschaft lastete. Elias ritt allein, verloren in dieser Totenstille. Keine Stimme war zu hören, kein Blatt rührte sich, auch die kalten, grünen Bäche längs des Fußpfades rannen geräuschlos dahin. Elias' Gesicht war bleifarben wie der Himmel, die eingesunkenen Augen grün, kalt und traurig wie das Wasser der Bäche.

Es schien ihm, als sei er soeben aus einem göttlichen und zugleich gräßlichen Traum erwacht. Eine dämonische Gewalt riß sein Herz zwischen Wonne und Qual hin und her, aber die Wonne, wenn man es so nennen durfte, war immer mit einem Angstgefühl durchsetzt, während in den Augenblicken – und sie überwogen –, in denen der Schmerz über das begangene Verbrechen obsiegte, nichts ihn zu lindern vermochte.

In dieser trüben, bedrohlichen Aschermittwochsdämmerung erwachte mit einem Mal das Gute, Fromme in Elias' Seele, und er war bestürzt, niedergeschmettert von der Realität der begangenen Tat.

Es ist nicht wahr, es war ein Traum, dachte er, und seine

Finger krampften sich voll Schrecken am Zügel fest. Ein Traum. Oh, wie oft habe ich doch so an der Isalle, in der Tanka geträumt! Doch nein, nein, nein! Was lügst du dir vor, Elias Portolu! Elender, du bist verrückt, der erbärmlichste, der verworfenste unter allen Menschen.

Während er so mit sich ins Gericht ging, fiel er unwillkürlich in die Erinnerung zurück, und all seine Glieder bebten vor Lust, sein Gesicht hellte sich auf; dann wurde er noch unruhiger als zuvor, eine Welle der Scham und der Reue drang ihm durch jede Ader, und das Entsetzen und der wilde Drang, sich zu schlagen, zu ohrfeigen, sich die Finger zu zerbeißen, sprangen ihn von neuem an wie toll gewordene Hunde.

Dann kamen wieder die Beschimpfungen.

Ein Feigling, ein Elender, ein Wahnsinniger bist du, Elias Portolu, ein Gauner. Was konnten dein Vater, deine Mutter, die Brüder von dir erwarten? Du hast dein Vaterhaus besudelt, hast deinen Bruder, deine Mutter, dich selbst verraten: Kain, Judas, Feigling, Schuft, Lump! Was soll nun werden? Was bleibt dir anderes übrig, als dir selbst den Garaus zu machen?

Wieder versank er in Erinnerungen; er fühlte, daß er Maddalena von nun an bis in den Tod liebte, daß er bei der ersten Gelegenheit wieder in Todsünde fallen würde, und bei diesem Gedanken sträubten sich ihm die Haare vor Entsetzen. So machte er den Ritt. Als er den Eingang zur Tanka passiert hatte, hob er langsam die Augen und betrachtete verträumt die Landschaft, die sich still und grün vor ihm ausbreitete, von einem tristen, winterlichen Grün. Die Felsen und der lange Streifen des Waldes lagen ernst und unbeweglich unter dem grauen Himmel, alles erschien ihm verändert, als zürnte ihm auch die Natur.

Was habe ich getan? Was habe ich getan? Wie werde ich den Blick meines Vaters ertragen können?

Doch er ertrug ihn nicht nur, sondern mußte sich auch die Reden Zio Portolus anhören, die ihn grausam marterten.

»Nun, hast du dich vergnügt, mein Lämmchen? He, ja, man sieht dir's an. Dein Gesicht ist der reinste Sauerteig. Hast dich wohl maskiert, hast getanzt, hast die Nacht durchgemacht und dich vergnügt, man sieht's auf den ersten Blick, mein Sohn. Und dein Vater war hier, hat gearbeitet, hat hier aufgepaßt wie ein Luchs, während du lustig warst. Na, geh, glaub nur nicht, daß ich dir's nicht gönne. Jetzt ist deine Zeit, meine ist vorbei, und nun haben wir Fastenzeit! Und was macht Zia Annedda? Ah, sie hat mir Backwerk geschickt. Ja, sie vergißt den alten Hirten nicht! Und meine kleine Maddalena, was macht sie? Ist sie vergnügt? Ja, sie soll sich's ruhig gutgehen lassen, die kleine Taube. Sie ist eine Heilige, wie Zia Annedda, ja, sie gleicht ihr, mehr als ihre Söhne!«

Ach, wenn er wüßte! dachte Elias schaudernd – jedes Wort seines Vaters traf ihn ins Herz. Doch in Gegenwart des Vaters konnte er seinen Gedanken nicht nachhängen, und deshalb suchte er, sobald er konnte, die Einsamkeit auf; ohne daß er's sich eingestand, wünschte er sich, Zio Martinu zu treffen. Doch der Alte war nicht da. Wenn Elias die Tanka durchstreifte, traf er nur seinen Bruder Mattia, der ruhig und schweigsam, mit einer langen Gerte bewaffnet, umherschweifte. Niemanden sonst. Unter jenem weiten, toten Himmel, in der Regungslosigkeit der Natur, erschien die Tanka noch verlassener und grenzenloser.

Elias dachte wieder an den Karneval, an den Lärm, an die bunte Menge, an den Tanz mit Maddalena; und jede kleinste Erinnerung ließ ihn erbeben. Ach, alle, die er dort gesehen hatte, waren glücklich, er allein war verdammt, in der Einsamkeit umherzuirren, und das Glück wurde ihm zur Qual. Er begann wieder, sich gegen das Schicksal aufzulehnen. Der erste Schritt war doch getan, seine Seele nun einmal unwiederbringlich verloren, warum sollte er dann nicht weiter genießen?

Ich bin ein Narr, dachte er. Maddalena kann nicht mehr ohne mich leben, sie hat es mir gesagt, und ich habe ihr geschworen, daß ich immer der Ihre sein werde. Warum soll ich sie unglücklich machen? Wir begehen sonst keine Sünde auf Erden, wir leben weiter wie Mann und Frau, und Pietro wird nie durch unsere Schuld leiden. Sein Gesicht hellte sich auf beim Traum von soviel Glückseligkeit; aber gleich darauf empfand er plötzlich Grausen vor seinem Traum. Er hätte sich auf der Erde wälzen, die Felsen verrücken, seine Sünde zum Himmel hinaufschreien, den Kopf gegen die Steine schmettern mögen, um zu vergessen, um die Wünsche, die Erinnerungen daraus zu verjagen.

Als der Abend sich niedersenkte, wurde er von einer Traurigkeit, einer unüberwindlichen Schwermut überwältigt. Er blickte zum Horizont, nach Nuoro hin, mit dem einzigen Wunsch, zurückzukehren und Maddalena zu sehen; sie wenigstens von ferne zu sehen, ihr wenigstens die Hand zu drücken oder wenigstens den Kopf in ihren Schoß zu legen und wie ein Kind zu weinen.

Ich gehe, ich gehe, murmelte er, wie in der Nacht, wo das Fieber ihn unter einem Baum zu Boden geworfen hatte. Ich gehe, ich gehe.

Und einmal machte er sich wirklich schon auf den Weg; doch nach dem ersten Schritt merkte er, daß ihn nicht der bloße Wunsch trieb, Maddalena von ferne zu sehen, sondern die Todsünde, der Teufel, der ungeheuerliche Gedanke des Rückfalls.

Wohin gehst du, Elias Portolu? Bist du denn wirklich noch ein Mann? Und er ging nicht; doch er hatte Angst vor sich selbst und seiner Schwäche. Ihm kam der Gedanke, sich seinem Vater zu Füßen zu werfen, ihm alles zu gestehen, ihn anzuflehen: Bindet mich fest, mein Vater, schließt mich zwischen zwei Felsen, laßt mich nicht fortgehen, laßt mich nicht allein, steht mir bei gegen den Bösen.

Ach, er schlägt mich tot, wenn ich ihm das sage! dachte er dann, und recht hätte er, mich wie eine Kröte zu zertreten.

So kämpfte er mehrere Tage lang. Nachdem er sich am ersten Abend bezwungen hatte, fiel es ihm an den folgenden Tagen weniger schwer, und er kehrte nicht nach Nuoro zurück. Aber die Kräfte verließen ihn, eine tödliche Traurigkeit ließ ihn Tag und Nacht nicht ruhen, er fühlte auch, wenn er ins Dorf zurückkehrte und Maddalena wiedersähe, so würde er der Versuchung nicht mehr widerstehen.

Nun ging er von neuem auf die Suche nach Zio Martinu, durchstreifte die Tanka, sprang über die Mauer und drang in den Wald ein. Es war eine klare, helle Mondnacht. Der Wind strich mit einem klingenden, gleichmäßigen Rauschen über die Wipfel der Bäume, doch im Innern des Waldes, unter den Korkeichen, regte sich kein Blatt. Klar und ruhig schien der Mond durch die Zweige; gegen den silberhellen Hintergrund zeichneten sich, schwarz wie Berge, andere Wälder ab. Der Wald erschien ihm wie der Feenwald aus dem Märchen.

Elias schritt vorwärts, seine scharfen Augen konnten deutlich die Unebenheiten des Geländes, die Baumstümpfe im Schatten, jedes kleine Gebüsch unterscheiden. Von weitem sah er, daß Zio Martinus Hütte erleuchtet war, und in all der Trauer, die ihn vorwärtstrieb, fühlte er sich mit einem Mal erleichtert.

Ach! Nun konnte er endlich jemandem das schreckliche Geheimnis anvertrauen, das ihn erdrückte, jemanden um Rat und Hilfe bitten; doch als er in die Hütte trat, grüßte er Zio Martinu und versank sofort wieder in Verzweiflung. Was konnte dieser Alte tun? Was konnte er ihm sagen? Was geschehen war, war geschehen; und wenn die Welt unterginge, nichts half mehr dagegen. Was kommen mußte, würde kommen, wie immer auch der Rat des Alten lautete.

Er dachte daran, wie oft Zio Martinu ihm schon gute Ratschläge gegeben hatte; immer hatte er sich dadurch getröstet gefühlt, aber niemals hatte er diesen Ratschlägen folgen können. In diesen Gedanken ließ er sich neben dem Feuer auf einen Stuhl fallen, mit einem so offensichtlichen Ausdruck des Schmerzes, daß Zio Martinu sofort alles erriet.

»Wo wart Ihr denn?« fragte Elias. »Ich habe Euch so oft gesucht.«

»Warum hast du mich gesucht, Elias Portolu?«

»Es ist schon lange, daß ich Euch nicht mehr gesehen habe.«

»Und nun, wohin willst du so spät in der Nacht?«

»Ich bin hierher zu Euch gekommen, Zio Martinu.«

»Bist du im Dorf gewesen?«

»Nein, nach dem letzten Karnevalstag nicht mehr.«

»Und seitdem hast du mich gesucht?«

»Ja«, sagte Elias; dann merkte er, daß Zio Martinu alles erraten hatte, und errötete.

»Du bist abgemagert«, sagte der Waldvater, der ihn

forschend anblickte. »Auf deinem Gesicht trägst du das Zeichen der Todsünde. Warum suchst du mich, wenn du doch keine Ratschläge mehr nötig hast?«

Wie schon früher hob Elias die weit geöffneten Augen und schaute erschreckt und verwirrt in die Eberaugen des Alten, die wild und zugleich sanft blickten, und Zio Martinu fühlte sein steinernes Herz weich werden. Elias Portolu, dieser junge Mann, der hübsch und schwach war wie eine Frau, suchte in der Stunde des Sturmes Schutz bei ihm wie das Lämmchen unter der Korkeiche.

Wozu noch Vorwürfe? dachte er. Er leidet, man sieht es, er wird rot. Auf ihn einreden wäre, wie mit der Axt nach einem Rohr schlagen. Und dennoch fragte er mit rauher Stimme: »Warum bist du also jetzt gekommen, Elias Portolu? Was soll ich dir sagen? Wärest du nur meinem ersten Rat gefolgt!«

»Worte, Worte«, stieß Elias mit wahrer Verzweiflung hervor. »Wissen wir denn, ob mein Bruder mich nicht vielleicht erschlagen hätte, wäre ich Eurem ersten Rat gefolgt? Und doch hätte ich ihn nicht so beleidigt, wie ich ihn jetzt beleidigt habe, und jetzt wird er mir kein Haar krümmen. Ja, so geht's in der Welt zu, Zio Martinu! Das ist das Schicksal, der Dämon, der uns verfolgt!«

»Warum also bist du gekommen?«

»Nun, ja, ja...«, fuhr Elias immer verzweifelter und erregter fort, »ich bin gekommen, um Euch noch einmal um Rat zu fragen, und ich bin sicher, Euer Rat wird gut sein. Ich bin gekommen, Euch um Hilfe zu bitten. Ihr müßt mich daran hindern, nach Nuoro zurückzukehren, bis die Versuchung aufgehört hat, mich zu quälen. Ich weiß, Ihr könnt mich binden, mich verbergen, aber ich weiß nicht, ob ich imstande bin, Eurem Rat zu folgen, ob ich Euch nicht in die Hände beißen werde, während Ihr mich bindet; ob ich nicht versuchen werde, Euch zu entwischen, um das zu tun, was der Dämon will.«

»Der Dämon! Der Dämon!« sagte der Alte, verächtlich die Achsel zuckend. »Was hast du nur immer mit dem Dämon! Ich habe es satt, dich so sprechen zu hören! Wer ist der Dämon? Wir selbst sind der Dämon!«

»Ihr glaubt nicht an den bösen Geist? Und an Gott?«

»Ich glaube an nichts, Elias Portolu! Aber wenn ich jemanden um Rat gefragt habe, dann habe ich ihn auch befolgt, und wenn ich um Hilfe gebeten habe, so habe ich die Hand, aus der ich die Hilfe empfangen habe, geküßt und nicht gebissen. Daß die Schlange dich beiße, Elias Portolu!«

Elias lächelte traurig.

»Es war nur so hingesagt, Zio Martinu.«

»Gut, gut, dann sage ich dir auch etwas so hin: Wenn du um einen Rat zu mir kommst, um ihn dann nicht zu befolgen, wenn du mich bittest, dich zu binden, um mir dann in die Hand zu beißen, so war es unnötig hierherzukommen, Elias Portolu. Du glaubst an den bösen Geist. Schön, so packe ihn bei den Hörnern und binde ihn, aber gib acht, daß er dich nicht beißt!«

Der Alte war sarkastisch geworden; aus dem Ton mehr noch als aus den Worten sprühte der beißende Spott, den nur die Leute aus Orune ihren Worten zu geben vermögen. Eine kindische Angst malte sich auf Elias' Gesicht.

»Zio Martinu«, sagte er flehend, »ist das Eure ganze Weisheit? Einem Verzweifelten den Todesstoß zu geben?«

»Ach, Elias Portolu, ich bin kein Weiser. Ich weiß nur, daß jedem der Schuh nach seinem Fuß gemessen wird. Du, der du an Gott und den Teufel glaubst, bist gekommen, um dir Rat zu holen von mir, der allein an die Kraft im

Menschen glaubt. Du hast gefehlt, aber ich habe auch gefehlt mit meinen Ratschlägen, die nicht zu deinem Wesen paßten. Dahin bin ich nun mit meiner Weisheit gekommen, Elias! Der Esel ist gescheiter als ich! Wer weiß, sage nun auch ich dir, vielleicht habe ich, anstatt dir zu helfen, dir mehr geschadet? Du mußt zu einem Gottesmann gehen und ihn um Rat fragen. Aber dazu hast du noch immer Zeit. Das ist alles, was ich dir sagen kann.«

Elias fühlte, daß der Alte recht hatte; er dachte gleich an Priester Porcheddu und an die Unterredung, die er in einer Mondnacht wie dieser, auf der Anhöhe der heiligen Franziskuskirche mit ihm gehabt hatte.

»Ich kenne in der Tat einen Gottesmann«, sagte er, »er hat mir schon einmal einen guten Rat gegeben und mich stark gegen die Versuchung gemacht. Er ist ein lustiger Mann, der das Leben genießt, aber im Grunde gewissenhaft. Und schlau! Auch er hat wie Ihr, Zio Martinu, sofort mein Geheimnis erraten, während es doch keiner, mit dem ich Tag für Tag lebe, erraten hat. Ich werde zu Priester Porcheddu gehen.«

»Ist er ein Nuoreser?«

»Er ist kein Nuoreser, aber er lebt in Nuoro.«

»Na schön, geh, geh gleich hin.«

»Ich fürchte mich, Zio Martinu.«

»Vor was fürchtest du dich, du Hasenfuß?« rief der Alte aus.

»Ich fürchte mich, mit Maddalena allein zu sein«, antwortete Elias mit flackernden Augen.

»Ach, Elias Portolu, da kann man ja nur lachen! Was bist du nur für ein Tier? Bist du ein Hase? Eine Katze? Ein Hühnchen? Ein Molch?«

»Ich bin ein Mensch – ein Sterblicher.«

»Nun gut«, rief Zio Martinu, »ich komme mit dir, ich

gehe dir nicht von der Seite; ich hab' dich langsam satt, und damit ich dich nicht mehr sehen muß, fahre ich meinetwegen mit dir zur Hölle!«

Bei diesem Versprechen lächelte Elias, er beruhigte sich und meinte endlich einen Lichtstrahl vor sich zu sehen. Er dachte: Ja, ich werde beichten, werde das Abendmahl nehmen, ich werde meine Seele retten.

Der Schmerz und die Leidenschaft verließen ihn keinen Augenblick, und der Gedanke, für immer auf Maddalena verzichten zu müssen, jetzt, wo sie ganz die Seine war, erschütterte ihn unaussprechlich; doch der erste Schritt ab vom Sündenweg war gemacht, die anderen erschienen ihm weniger schwer.

Zio Martinu kam am andern Morgen und holte ihn ab, dann machten beide sich zu Fuß auf den Weg nach Nuoro. Auf der Wanderung wechselten sie keine zehn Worte: Elias hatte während der Nacht sein Gewissen geprüft, nun hielt er sich auf dem Marsch fortwährend seine Sünden und seine guten Vorsätze vor; doch je näher sie dem Dorf kamen, desto mehr fühlte er sich wieder von einer tödlichen Angst bedrückt.

»Zio Martinu«, sagte er plötzlich, »wenn Ihr auf mich hören wollt, so gehen wir lieber nicht nach Hause.«

»Was ist das nur für ein Mann!« rief der Alte aus, als ob er zu sich selber spräche. »Er geht nur aus Angst vor sich selber zur Beichte, nicht aus Furcht vor Gott; niemals wird er lernen, sich zu bezwingen.«

»Gut, dann gehen wir eben nach Hause!« sagte Elias beinahe ärgerlich.

Zum Glück war Maddalena nicht da; doch er merkte, wie schwach er war, denn er wurde sehr traurig, als er sie nicht sah, wagte aber nicht zu fragen, wo sie sei. Dann begaben er und der Alte sich zu Priester Porcheddu und warteten, bis dieser vom Chor zurückkam. Der Priester war Kantor der Gemeinde und hatte bestimmt nicht die Hoffnung, Chorherr zu werden; dennoch lebte er behaglich, liebevoll umsorgt von seiner alten Schwester Anna, in einem kleinen Häuschen, das ganz nach den Gebräuchen seines Geburtsdorfes eingerichtet war, mit hohen Himmelbetten, schwarzen Holztruhen und Stühlen mit Strohgeflecht.

Vom Dorf schickte man ihm viele Vorräte: Wein, Nüsse, Zwiebeln, Bohnen und Dörrobst; und die alte Anna verstand vorzüglich einzukochen, Honigkuchen, Most und den besten Kaffee von Nuoro zu bereiten.

Als sie erfuhr, daß der junge Mann mit dem flackernden Blick, der Priester Porcheddu sprechen wollte, der Sohn von Zia Annedda Portolu sei, nahm sie ihn sehr freundlich auf. O ja, sie kannte diese fromme Alte, die ihr einmal ihre kranke Hand behandelt hatte, ohne dafür eine Entlohnung zu verlangen.

Für die Seelen, für die kleinen Seelen im Fegefeuer! pflegte Zia Annedda zu ihren Kranken zu sagen.

Endlich kam Priester Porcheddu zurück; er war immer noch derselbe, rot und lustig, und begrüßte Elias mit Freudenrufen, betrachtete ihn dabei jedoch aufmerksam und spöttisch.

Auch er errät es! dachte der junge Mann. Er fühlte, wie er bleich wurde vor Scham und vor Angst.

»Ich muß mit Ihnen reden ...«, murmelte er.

»Und diese alte Eiche?« fragte der Priester und wandte sich an Zio Martinu. »Laßt uns doch hinaufgehen, kommt! Bringe den Kaffee, Annesa, und was du sonst noch hast.«

»Ich gehe jetzt«, sagte Zio Martinu. »Ich erwarte dich in deinem Haus, Elias Portolu. Lebt wohl, Herr Kaplan, ich empfehle Euch diesen Mann.« Doch der Priester ließ ihn nicht gehen, bevor Zia Annesa ihm nicht einen Becher Schnaps eingeschenkt hatte – und dann noch einen.

Dann ging Zio Martinu zu den Portolus zurück, setzte sich neben den Herd und wartete. Als Elias zurückkam, war Maddalena noch nicht da. Darüber war er verärgert, doch nicht mehr wie vor einer Stunde. Nein. Jetzt hätte er sie wiedersehen wollen, um sich selbst und ein wenig auch Zio Martinu zu zeigen, wie stark er nun war; ohne Leidenschaft und ohne Verlangen hätte er sie angeblickt, mit reinen, reuevollen Augen.

In der Tat war etwas Neues in seinem Blick, ein reines, kühnes Feuer glänzte nun in ihm, doch sein Gesicht war totenbleich, und die Hände zitterten ihm. Zio Martinu sah ihn lange an, schweigend, dann fragte er ihn, ob sie gleich wieder aufbrechen sollten. Elias unterdrückte den Wunsch, seine Kraft beim Wiedersehen mit Maddalena zu erproben, und brach auf.

»Ich habe gebeichtet«, sagte er zum Waldvater, sobald sie allein waren. »In vierzehn Tagen kehre ich zurück, um das heilige Abendmahl zu empfangen, und dann wird Priester Porcheddu mir eine Antwort geben.«

»Was denn für eine Antwort?«

»Ich werde Priester«, sagte Elias und senkte die Stimme. »Es ist nun Zeit. Das ist mein Weg.«

Der Alte antwortete nicht; es schien, als sei seine Seele wieder weit entfernt von Elias, als kümmerten ihn die Angelegenheiten des jungen Mannes gar nicht mehr. Doch Elias merkte es nicht: auch seine Seele war nun so weit von dem Alten entfernt, von den Dingen, die ganz der Vergangenheit angehörten.

Er war wie entrückt, alle Angst und Unruhe, alle Scham und Unentschlossenheit waren von ihm gewichen. Vor sich sah er einen sauberen, ebenen Weg wie den, den sie jetzt beschritten, eine klare, heitere Perspektive, ähnlich dem türkisblauen Horizont an diesem reinen Morgen.

»Priester Porcheddu nimmt sich der Sache an, er macht alles, und in zwei bis drei Wochen wird alles soweit sein«, sagte Elias bewegt, mehr zu sich selber als zu Zio Martinu. »Ihr werdet sehen, es wird alles gutgehen. Kosten wird's freilich was, doch mein Vater hat Geld, und er wird mir sogar mit Freuden helfen.«

»Gut, gut, wenn das dein Weg ist, dann gehe ihn ein für allemal«, sagte Zio Martinu.

In der Tanka angekommen, trennten sie sich. Elias dankte nicht einmal dem Mann, der ihn zur Rettung geführt hatte, er sagte nur: »Laßt Euch mal wieder blikken, Zio Martinu.«

Der Alte versprach nichts und ließ sich auch nicht blicken; erst einen Monat später sah Elias ihn von ferne, wich ihm aber aus.

Hoho! dachte Zio Martinu mit einem seltsamen Lächeln in seinen kleinen Eberäuglein, wenn er ein Mann Gottes werden will, fängt er ja gut an.

Was war mit Elias geschehen? Ein Monat war verstrichen, die Fastenzeit ging zu Ende, und Priester Porcheddu wartete noch immer vergebens auf ihn. In den ersten Tagen nach der Beichte hatte der junge Mann zwischen Himmel und Erde gelebt; die Vergangenheit war vergessen, die Zukunft erschien ihm freundlich. Er fühlte sich wiedergeboren in der Reinheit und Frische, mit der die Natur rings um ihn im Frühlingsanfang wiederauflebte. Er betete ständig und wartete mit leiser Unruhe, daß die beiden Wochen vergingen. Sein Gesicht hatte sich aufgeheitert, die Augen einen kindlichen Ausdruck, eine durchsichtige Klarheit angenommen.

Doch vierzehn Tage zu warten war zuviel. Ach, Priester Porcheddu kannte wohl das menschliche Herz doch nicht so gut, wie er sich rühmte. Wie konnte er glauben, daß der Trost der Beichte in einem Herzen, das von Leidenschaften zerrissen war, zwei Wochen vorhalten werde! Die Zeit verstrich und legte einen Schleier auf seine Freude; in der zweiten Woche kam ein Tag, an dem er wieder in die alte Traurigkeit zurückfiel. Ihm war, als packte die Hand seines unsichtbaren Ungeheuers ihn im Nacken und drängte ihn an einen Abgrund.

Am nächsten Tag dachte er daran, ins Dorf zurückzugehen und sich dem Priester zu Füßen zu werfen. Aber wenn er Maddalena vorher wiedersah? Ein Schauer überlief ihn, als er sich diese Frage stellte. Ach, es war vergeblich, es war vergeblich. Er liebte Maddalena noch immer, er konnte sie nicht vergessen. In dem Augenblick, wo er glaubte, gesiegt, Herz und Sinne, die Vergangenheit begraben zu haben, ergriff ihn die Leidenschaft hartnäckiger denn je und wirbelte ihn herum wie ein Blatt im Sturmwind. Und die Hand des unsichtbaren Ungetüms, die ihn im Nacken hielt, drängte ihn immer näher an den Abgrund der Sünde. Sein Gesicht wurde wieder fahl, die Augen finster.

Eines Tages, als er zufällig am Eingang der Tanka stand, nachdenklich und traurig, sah er etwas Außerordentliches. Mattia war, wie gewöhnlich, an diesem Morgen nach Nuoro gegangen; er mußte gegen Mittag zurückkommen. Ein warmer Märzmittag lag über der Tanka. Es war eine Sonnenstunde, in der sich gut träumen ließ; keine Menschenstimme war zu hören, in der ganzen Weite der Tanka keine lebende Seele zu sehen; der laue Wind strich über die Ebene und beugte das Gras, das warm von der Sonne war.

Da sah Elias mit einem Mal an Stelle von Mattia Maddalena herankommen, auf der weißgezeichneten Stute, der das inzwischen groß gewordene Füllen folgte. War es eine Halluzination? Ein Traumbild seines kranken Geistes? Noch niemals war Maddalena allein in die Tanka gekommen. Bestürzt, schreckensbleich starrte Elias sie an. Sie war es, sie war es: es waren ihre glühenden Augen, die, fest auf die seinen geheftet, auch von ferne eine magnetische Kraft ausübten.

Nicht einen Augenblick lang hatte er den Wunsch oder die Kraft fortzugehen; er ließ sich nur auf die Mauer fallen. Und sie kam, ohne sich zu beeilen. Kaum war sie durch den Eingang der Tanka geritten, sprang sie behend vom Pferd und ging auf Elias zu. Sie bebte am ganzen Leib und sah ihn mit wilder Leidenschaft an. Welch einen Ausdruck, welch ein Licht hatten ihre dunklen, glühenden, halbgeschlossenen Augen, wenn man von unten zu ihnen aufsah wie Elias! Niemals konnte er sie vergessen, und in diesem Moment fühlte er, daß dieser Blick ihm eine Freude brachte, von der ein einziger Moment mehr wert war als eine Ewigkeit der Freude, die er in der vergangenen Woche empfunden hatte.

»Und Mattia?« fragte er.

»Er ist im Dorf geblieben. Ich habe ihn überredet, mich hierherreiten zu lassen. Pietro ist nicht zu Hause, und selbst deine Mutter ist zum Gehege hinuntergegangen, um Oliven zu pflücken, und kommt erst heute abend zurück.«

»Maddalena, du stürzt uns ins Verderben! Warum bist du gekommen?«

Sie beugte sich wie im Fieber über ihn.

»Und du, warum kommst du nicht? Warum kommst du nicht, Elias? Elias! Elias! Elias!« stöhnte sie über seinem Gesicht, nahm es zwischen die Hände, und mit wachsender Leidenschaft stieß sie hervor: »Siehst du nicht, daß ich sterbe? Wenn du nicht kommst, komme ich!« Und sie bedeckte sein Gesicht mit Küssen. Er sah nichts mehr und schnellte empor, im selben Rausch der Leidenschaft wie sie: und sie waren von neuem verloren.

Während der ganzen Fastenzeit wartete Priester Porcheddu vergeblich auf Elias; er erkundigte sich nach ihm, und als er erfuhr, daß der junge Mann oft ins Dorf kam, schöpfte er Verdacht.

Er muß wieder in Sünde gefallen sein, dachte er. Da werde ich beim Bischof schön dastehen – gerade jetzt, wo es mir so gut gelungen ist, den jungen Mann im Seminar unterzubringen. Priester! Priester! Der hat doch etwas anderes im Sinn. Doch da muß ich wohl Abhilfe schaffen, sonst spielt sich in dem Haus noch eine Tragödie ab, von allem anderen ganz abgesehen. Also machte er sich selbst auf die Suche nach Elias und fand ihn endlich.

»Ich habe auf dich gewartet«, sagte er zu ihm und blickte ihm fest in die Augen. Doch die kalten, bösen Augen Elias' wichen dem Blick des Gottesmannes aus; sein Gesicht war eingefallen, die Leidenschaft und die Sünde hatten sich tief eingegraben.

»Ich konnte nicht.«

»Warum konntest du nicht?«

»Ich habe nachgedacht; ich bin nicht würdig, zum Abendmahl zu gehen, und im übrigen steht mein Entschluß noch nicht ganz fest. Dafür ist noch immer Zeit, Priester Porcheddu!«

»Dafür ist noch immer Zeit, Elias? Was du nicht sagst, Elias! Wehe dem, der auf morgen wartet! Du bist wieder in Sünde gefallen, der Teufel hat dich in der Gewalt.«

»Nein, ich bin nicht in Sünde gefallen! Was erzählt Ihr mir da?« antwortete Elias gleichgültig.

Der Priester war bestürzt darüber; er hätte es lieber gehört, wenn Elias seine Sünde gebeichtet, auch wenn er sich aufgelehnt und geflucht hätte; doch diese Kälte, diese Verstellung waren der Gipfel des Verderbens.

»Elias, Elias!« sagte er bewegt. »Gib acht, was du tust, geh in dich ... Wehe dem, der auf sein Fleisch sät, denn er wird das Verderben ernten, und gesegnet der, der auf den Geist sät, denn er wird das ewige Leben ernten ...«

Elias schüttelte mehrere Male den Kopf.

»Ich verstehe von diesen Dingen nichts, das verstehen nur die Priester. Im übrigen lebe ich nicht in Sünde; ich tue keinem Menschen etwas zuleide, schlagt Euch das aus dem Kopf, Priester Porcheddu.«

»Du verstehst also nichts von diesen Dingen, Elias, doch du kannst die Folgen deiner Sünde voraussehen. Bedenke nur, bedenke, wenn eines Tages alles bekannt wird, dieser Schrecken, diese Tragödie! Denke an deine Mutter, an deinen Vater! Bedenke, daß die Sünde nicht lange verborgen bleiben kann, denn wo Feuer ist, ist auch Rauch.«

»Ich lebe nicht in Sünde«, wiederholte der andere mit kühler Hartnäckigkeit. »Es kann doch nichts geschehen, wenn nichts ist.«

Davon ging er nicht ab. Priester Porcheddu verließ ihn; er verzweifelte daran, ihn zu retten. Elias jedoch war sehr betroffen über diese Unterredung. Sein Glück war ein so schreckliches Glück, durch Reue und Furcht, durch den Schrecken der Sünde vergällt! Alles, was ihm Priester Porcheddu gesagt hatte, dachte er selbst und sagte es sich ständig vor; doch er konnte oder wollte sich nicht überwinden. Nach dem Genuß empfand er die ganze Qual des Schmerzes, der Reue und des Ekels, doch dann wandte er sich wieder seinem sündhaften Glück zu, um diesem

Schmerz, dieser Reue zu entfliehen. In den traurigsten Augenblicken der Verzweiflung begann er überdies Verachtung und Widerwillen gegen Maddalena zu empfinden.

Sie ist die Versuchung, sagte er nach der Unterredung mit Priester Porcheddu zu sich. Sie ist es, die mich ins Verderben gerissen hat. Warum ist sie nur gekommen? Warum hat sie mich versucht? Glaubt sie denn nicht an Gott, nicht an das ewige Leben, diese Frau?

Dann bereute er seine Verachtung; er dachte daran, wie sehr Maddalena ihn liebte, und fühlte sich mit noch tieferer Zärtlichkeit, mit noch glühenderer Liebe zu ihr hingezogen. Doch der Priester hatte mit seinen Worten guten Samen gesät, Schmerz und Reue wurden immer stärker in seinem Herzen, und er dachte wieder daran, daß er Frieden anderswo als in Maddalenas Nähe suchen müsse.

»Wenn wir nun alt werden«, sagte er ihr einmal, »was werden wir dann machen? Wird Gott uns verzeihen?«

»Sprechen wir nicht von solchen Dingen!« sagte sie verstimmt. »Oder willst du vielleicht Priester werden, wie du damals am Fest des heiligen Franziskus gesagt hast?« Und sie lachte.

Er sprang erregt auf und antwortete nicht, aber sein Widerwillen und seine Gereiztheit gegenüber Maddalena wuchsen. Wenn sie ihm im gleichen Ton geantwortet, Hoffnung auf das Erbarmen des Herrn gezeigt hätte, so wäre er bewegt gewesen, und er hätte sie noch mehr geliebt, doch ihr Spott und ihre Geringschätzung machten sie ihm einen Augenblick lang verhaßt. Von diesem Abend an begannen sie sich um Nichtigkeiten zu streiten, bald um dies, bald um das; hatten sie sich getrennt, so bereute Elias seine Worte, sah er Maddalena wieder, fing er von neuem an.

»Hör mal, Elias«, sagte sie ihm schließlich, »du bist ärgerlich und behandelst mich ungerecht, und auch ich weiß unter der glühenden Folter deiner Worte oft nicht, was ich sage. Hören wir doch auf, uns zu streiten, wir können ja doch nicht ohne einander leben. Vielleicht ist es besser, wenn wir uns eine Zeitlang nicht sehen, meinst du nicht auch? Um so mehr, da wir uns jetzt ein wenig meiden müssen.«

»Nein, im Gegenteil, es ist besser, wenn wir uns öfter sehen und uns zanken, bis wir uns hassen und uns für immer trennen.«

»Elias«, sagte sie erbleichend, »warum sprichst du so? Warum müssen wir uns hassen und für immer trennen?«

»Weil wir in Todsünde leben.«

Sie wurde todtraurig.

»Wußtest du das nicht vorher, Elias Portolu? Jetzt ist es zu spät.«

»Warum ist es zu spät?«

»Weil ich ein Kind von dir erwarte ...«

Auch er wechselte die Farbe, und ein Wirbel unterschiedlicher Gefühle tobte in ihm. Er überhäufte Maddalena mit Küssen, sagte ihr närrische Liebesworte, bat sie um Vergebung und versprach ihr alles, was sie wollte.

So trennten sie sich, entschlossen, bis zur Geburt des Kindes keinen näheren Umgang mehr miteinander zu haben. Elias, sterblich verliebt, fühlte sich endlich glücklich, wie er es seit langer Zeit nicht mehr gewesen war.

Achtes Kapitel

Es war nun Herbst; der Himmel wurde frischer und klarer, die Luft durchsichtig, große Regengüsse hatten die Erde erfrischt und die Luft gereinigt. Auch Elias schien es, als tauche er in ein Bad ein; auch er wurde wieder rein, seine Gedanken klärten sich, und einige Zeit verlebte er glückliche Tage.

An diesen friedlichen Tagen lag er oft stundenlang unter einem Baum auf dem Rücken, blickte durch die Zweige in den blauen Himmel und lauschte der fernen Stimme des Waldes, dem Rauschen des Baches, dem Ruf der Vögel.

Immer dachte er an Maddalena, aber anders als früher. Er liebte sie jetzt mit einer keuschen Liebe, so wie in den ersten Tagen, als er sie kennengelernt hatte, oder vielmehr, er dachte an sie wie ein Mann an seine Frau, an die Mutter seines Kindes. Auch an dieses Kind dachte er.

Es wird ein Junge, sagte er sich. Wenn er etwas größer ist, wird er mit uns, mit mir hierherkommen; ich werde ihn immer bei mir behalten. Ich werde alles tun, damit er mich liebgewinnt.

Und er war überglücklich; doch oft trübte ein Schatten dieses Glück.

Wenn Pietro ihn nun bei sich haben will? Er wird ihn für sein Kind halten, ihn mit sich nehmen, einen Bauern aus ihm machen, sich als Vater von ihm lieben lassen.

Nein, nein! dachte er dann. Ich werde ihm sagen: Gib mir das Kind, ich nehme mir doch niemals eine Frau; ich werde dem Jungen mein Hab und Gut vermachen, ich lasse ihn studieren und sehe ihn ganz als mein Kind an.

Pietro wird ihn mir überlassen, und mein Junge wird mich lieben. Nach und nach beschäftigte der Gedanke an dieses Kind ihn ausschließlich; schon jetzt machte er närrische Pläne und dachte bald mehr an ihn als an Maddalena.

Eines Tages kam Mattia in großer Eile angeritten und überbrachte die freudige Nachricht.

»Vater, Bruder, Maddalena bekommt ein Kind. Die Mutter hat zu der heiligen Anna gebetet, und das Kind wird ein Knabe werden.«

Er lächelte so glücklich, als wäre er selbst der Vater. Und Zio Portolu weinte fast vor Freude und begann den heiligen Franziskus zu preisen, die Mutter Gottes, unsere liebe Frau von Valverde und alle möglichen anderen Heiligen.

»Ach, die Taube: ich habe es ja gesagt, sie konnte es uns nicht antun, unfruchtbar zu bleiben. Ah, der kleine Portolu, die neue Taube! Wann können wir ihn sehen?« sagte er ab und zu.

»Na!« lachte Mattia. »Ihr möchtet wohl, daß er gleich jetzt zur Welt käme, daß er schon hier wäre, um die Schafe zu hüten!«

Elias fühlte sein Herz heftig schlagen, nicht ohne Schmerz dachte er: Wenn sie wüßten! Aber eigentlich war er froh, ja merkwürdigerweise beinahe zufrieden, daß er den Seinen dieses Glück geschenkt hatte. Und wie Zio Portolu konnte auch er die Geburt des Kindes kaum erwarten.

Unterdessen gingen die Tage dahin, die Kälte kam wieder, der Nebel, der Schnee. Es wurde ein sehr rauher Winter, und Elias, der sehr verfroren war, fühlte sich wieder unbehaglich bei der Schafherde. Wie im vergangenen Jahr sehnte er sich nach der Gemütlichkeit des Herdfeuers, nach einem behaglichen, häuslichen Leben. O welche Wonne, dachte er, die langen Abende am Feuer neben Maddalena zu verbringen! Doch er träumte nicht mehr von ihr wie im vergangenen Jahr, mit verzehrender Leidenschaft; nein, er sah sie neben einer Wiege und hörte ein wehmütiges Wiegenlied, das ihn an die Lieder seiner Kindheit erinnerte. So wurde, ohne daß er hätte sagen können, warum, der Schlag seines Herzens von Tag zu Tag ruhiger: eine geheimnisvolle Kraft, weder Reue noch Angst, weder Überdruß noch Schrecken, wirkte langsam in ihm. In den kalten Tagen bei der Herde, weit von ihr entfernt, wünschte er immer noch, neben Maddalena zu sein, doch wenn er sie wiedersah, empfand er nicht mehr das ungeheure Glück wie im vergangenen Jahr. Er sagte sich: Vielleicht ist es, weil sie in diesem Zustand ist; wenn das Kind geboren ist, werde ich sie wieder lieben wie früher.

Eines Tages jedoch sagte Zia Annedda in seiner Gegenwart zu Arrita Scada: »Elias sagt, er wolle niemals heiraten, und Mattia kriegt keine, weil er einfältig ist, da wird Maddalena uns wohl noch viele Kinder schenken müssen, nicht wahr, Arrita Scada? Wer sollte sonst um den Herd hier sitzen, wenn wir einmal gestorben sind?«

Und Elias fühlte einen heftigen Ekel, einen Stich ins Herz, wenn er an diese Kinder dachte, die seine eigenen sein könnten. Doch nein, eins ist genug!

Niemals, niemals wieder! schrie es in ihm.

In den ersten Tagen der Fastenzeit ging er zu Priester Porcheddu und beichtete. Er zeigte nicht mehr die Reue, den Schmerz, die Inbrunst wie ein Jahr zuvor, aber er war fest entschlossen, nicht wieder in Todsünde zu fallen.

Er schien ein anderer zu sein; Priester Porcheddu sah sehr wohl, daß das Feuer der Leidenschaft in ihm erloschen war, er betrachtete ihn lange, nachdenklich, und schüttelte mehrmals den Kopf.

»Das glaubst du heute«, sagte er, »aber du sollst sehen, wenn du dich jetzt nicht rettest, wirst du von neuem verloren sein. Nutze die Zeit der Gnade.«

»Was heißt das, Priester Porcheddu?«

»Denkst du nicht mehr an das, was du im vorigen Jahr tun wolltest? Ich hatte schon die nötigen Schritte eingeleitet, und es schien alles zu glücken ...«

»Ach ja, ich weiß, was Ihr sagen wollt«, murmelte Elias und schlug die Augen nieder wie ein Kind. »Doch nun ...«

»Na, was ist nun? Was soll das heißen? Hattest du denn nicht mehr daran gedacht?«

»Doch, ich habe oft daran gedacht, aber ich glaube, es ist nun zu spät, und ich bin nicht mehr würdig ...«

»Für das Erbarmen Gottes ist es niemals zu spät, Elias Portolu, daran denke, wenn du deine Seele retten willst.«

Elias stand nachdenklich, mit gesenktem Kopf, da. Eine Erinnerung überkam ihn: er sah sich wieder in der Tanka, an einem grauen, stillen Abend, er sah wieder die strenge Gestalt Zio Martinus und hörte seine Worte.

»Priester Porcheddu«, sagte er, »wenn nun später, wenn ich Priester geworden bin, die Versuchung mich immer noch quält? Wäre das nicht schlimmer?«

»Nein, Elias Portolu, ich kenne dich jetzt: du wirst die Versuchung überwinden, oder vielmehr die Versuchung wird dich nicht mehr quälen. Denn für dich ist diese Frau die Versuchung; wenn sie dich als Priester sieht, wird sie dich nicht mehr versuchen.«

»Wer weiß!« sagte Elias traurig.

»Im übrigen kann man dich in ein entlegenes Dorf schicken, und wenn du willst, siehst du sie nie mehr wieder.«

»Ja, dann. Aber bis dahin!«

»Bis dahin? Keine Angst, du gehst ins Seminar, ich lasse dich studieren; du wirst nur tagsüber, zu gewissen Stunden nach Hause können. Wenn du nur willst, wirst du niemals wieder in Versuchung fallen. Entschließe dich, Elias Portolu, verliere keine Zeit. Bedenke, daß wir sterben müssen, daß unser Leben so kurz ist, daß wir nur eine Seele haben und daß wir diese retten müssen.« Der Priester heftete bei diesen Worten seinen Blick auf Elias, als wolle er ihn damit bezwingen, und wirklich sah er ihn plötzlich erbleichen und beinahe ohnmächtig werden. Doch dann hob Elias den Kopf, und in seine Augen trat ein Feuer.

»Nun denn«, sagte er bewegt, »macht, was Ihr für gut befindet, ich gebe mich ganz in Eure Hände, Priester Porcheddu; zu Hause werde ich noch nichts sagen, bis alles entschieden ist.«

»Nun gut, so geh. Ich verspreche dir, daß in acht Tagen alles abgemacht sein wird. Währenddessen rate ich dir, recht fleißig die Kirche zu besuchen. Geh, mein Sohn, und sei guten Muts. Du sollst sehen, es wird dir vorkommen, als wärst du zu einem neuen Leben geboren.«

Elias ging fort, aber froh wurde er nicht. O nein, er glaubte zu träumen: diesmal fühlte er nicht die kindliche, grundlose Freude, die er im vorigen Jahr nach der Beichte empfunden hatte; nun wurde er wieder traurig, und bittere Tränen stiegen ihm in die Augen. Und doch hielt er fest an seinem Entschluß, obwohl nur daher seine Traurigkeit kam. Jetzt war es kein Traum mehr, es war die Wirklichkeit, und im ersten Moment der Entscheidung konnte er sich von seiner Vergangenheit nicht lösen, ohne daß sein Herz blutete. Es war ein Abschied von allem, was sein Leben ausmachte: also war es sein Leben selbst, das von ihm ging, mit seinen Gewohnheiten und Freuden, mit seinen Schmerzen, Leidenschaften, Irrtümern, seiner Lust.

Mehrere Tage lebte er in der Bitterkeit dieses Abschieds. Besonders in der Tanka packte ihn die Trauer und machte ihn kalt und unempfindlich gegen alles, was nicht sein Abschied von den Orten und Dingen war, inmitten derer er so sehr geliebt und gelitten hatte.

Dies werde ich nicht mehr sehen, das nicht mehr tun können, dachte er mit einem Kloß in der Kehle. Doch sein Entschluß wankte nicht, und je mehr Tage vergingen, desto mehr gewöhnte er sich an den Gedanken, alles aufzugeben und ein neues Leben zu beginnen. Allmählich, nachdem er heimlich dem kleinsten Ding Lebewohl gesagt hatte, jedem Baum, jedem Stein, Tieren und Menschen, klärten sich seine Gedanken, und er begann in die Zukunft zu blicken.

Kam er ins Dorf, so ging er in die Kirche und blieb dort stundenlang, und mit Inbrunst nahm er an allen kirchlichen Handlungen teil. Der Ton der Orgel, die feierliche Klage der liturgischen Gesänge, die Gewänder der Priester, alles entzückte ihn: und bei dem Gedanken, daß auch er eines Tages diese Gebete singen würde, die ihm so sanft ins Herz drangen, daß er diese glänzenden, geweihten Gewänder tragen würde, vergaß er alles Vergangene und fühlte sich glücklich. Doch kam er nach Hause, so war er von neuem verwirrt, besonders wenn er sich Maddalena gegenüber sah.

Was wird sie sagen, wenn sie es erfährt? dachte er ständig. Er glaubte, sie nicht mehr zu lieben, um so mehr, da sie jetzt fast unförmig geworden war, gelb und geschwollen im Gesicht, aber er fühlte sich durch ein unlösbares Band an sie gebunden und fürchtete, dieses Band zu zerreißen.

Was wird sie denken? Was sagen? Wird sie untröstlich sein? Vielleicht könnte es ihr sogar schaden, vielleicht wäre es besser, noch zu warten. Und mit großer Zärtlichkeit dachte er wieder an das Kind, das kommen sollte; doch in dieser Hinsicht war er zufrieden mit seinem Entschluß. Der neue Stand würde ihn nicht hindern, den Knaben zu lieben, im Gegenteil, er konnte ihn dann erst recht zu sich nehmen, ihn erziehen, einen rechtschaffenen Mann aus ihm machen und für seine Zukunft sorgen.

Eines Tages sprach er darüber mit Priester Porcheddu, aber dieser schüttelte den Kopf. »Nein, daran denke nicht, es wäre eine Sünde, daran zu denken. Zunächst einmal ruht das Kind ja noch im Schoß des Herrn. Aber auch wenn es geboren ist und heranwächst, mußt du es von dir fernhalten, weil es doch immer ein gefährliches Band zwischen dir und *ihr* sein könnte. Der Priester darf keine Kinder haben, keine Frau, keine Familie, er darf nicht an Reichtümer und nicht an irdische Dinge denken; er hat sich der Kirche vermählt, und seine Kinder sind die Armut, die Pflicht und die guten Werke. Bedenke das, Elias Portolu! Wenn du noch an den Dingen dieser Welt hängst, dann tue nicht den Schritt, den du vorhast. Denk an dein Seelenheil, an nichts anderes.«

»Ihr wollt mich zu einem Heiligen machen«, sagte Elias lächelnd, doch im Grunde fühlte er, daß Priester Porcheddu recht hatte. Es machte ihn traurig, nun auch seinem armseligen Vatertraum entsagen zu müssen; doch nicht einmal das konnte ihn nun von seinem Entschluß abbringen.

Die acht Tage vergingen. Priester Porcheddus Bemühungen hatten Erfolg gehabt, der Bischof hatte sich sehr für den jungen Hirten interessiert, der sich berufen fühlte, sich Gott zu weihen, und ihn sofort mit einem halben

Freiplatz ins Seminar aufgenommen. Auf des Priesters Rat schrieb Elias dem Bischof einen höflichen Dankbrief und erregte dadurch gänzlich das Entzücken des Monsignore.

»Hochwürden will dich kennenlernen, Elias Portolu. Jetzt brauchst du es nur noch den Deinen mitzuteilen.«

»Ach«, sagte Elias seufzend, »ich habe eine Angst...«

»Wovor?«

»Daß es dieser Frau schaden wird. Wenn man doch warten könnte!«

Priester Porcheddu schüttelte den Kopf.

»Du willst warten? Du hängst immer noch an den Dingen dieser Welt? Ach, das gefällt mir nicht.«

»Nun«, sagte Elias entschlossen, »ich will Euch zeigen, daß ich an nichts mehr hänge. Noch heute werde ich es zuhause mitteilen.«

»Ist dein Vater im Dorf?«

»Ja.«

»Und dein Bruder Pietro?«

»Auch.«

»Gut, wenn ihr gegessen habt, so sage ihnen, sie sollten noch dableiben. Ich werde kommen, und dann sprechen wir alle miteinander.«

»Ich weiß nicht, wie ich Euch danken soll!« rief Elias dankbar aus. »Gott mag es Euch vergelten!«

»Gut, gut, davon reden wir besser mit Ihm selbst, ein andermal. Nun geh in Frieden.«

Elias ging fort, doch bis zur Essenszeit konnte er nicht nach Hause zurückkehren; sein Herz war schwer, die Kehle wie zugeschnürt. Ach, sein Traum wurde bald Wirklichkeit, sie umgab ihn schon, sie bedrängte ihn, sie riß ihn gewaltsam los von der Welt, von der Jugend, der Lust, der Familie, von dem Leben, das er bis dahin gelebt hatte. Er fühlte darüber einen unendlichen Schmerz, aber nicht eine Sekunde kam ihm der Gedanke umzukehren.

Er trat ins Haus, aß zerstreut, die Augen immer auf die Tür gerichtet; und wenn er das Geräusch von Schritten auf dem Fußweg hörte, fuhr er jedesmal zusammen. Maddalena beobachtete ihn und konnte sich nicht zurückhalten zu fragen, was er habe und wen er erwarte.

»Jemanden«, antwortete er. »Ich bitte euch, bleibt alle hier, es will jemand mit euch sprechen.«

»Auch mit mir?« fragte Maddalena. »Wer ist es? Wer ist es?«

»Mit allen. Ihr werdet schon sehen.«

Sie überhäuften ihn mit Fragen, doch er antwortete nicht und ging hinaus in den Hof. Maddalena wurde von einer Unruhe ergriffen, die sie nicht einmal vor Pietro zu verbergen suchte. Nun sah auch sie unverwandt nach der Tür und lauschte, ob nicht jemand über den Fußweg käme.

Wer mag es nur sein? fragte sie sich immer wieder. Seit einiger Zeit hatte sie sehr wohl die Veränderung bemerkt, die mit Elias vorgegangen war; sie fürchtete, daß er in eine andere Frau verliebt sei und sie heiraten wolle, und litt schwer unter Eifersucht.

Er will heiraten, dachte sie jetzt, und die Person, die er erwartet, wird der Brautführer sein, der uns um Erlaubnis bitten will, für Elias um die Braut anzuhalten. Ach, mußte dieser Tag kommen! Und so schnell! Er wartet nicht einmal sein Kind ab. Gott, mein Gott, hilf mir, gib mir Kraft, Du, der Du voller Erbarmen bist! Laß mich nicht sterben, strafe mich nicht vor meiner Stunde.

Ein tiefer Leidenszug trat auf ihr bleiches Gesicht, und ihre Lider, diese schweren Lider, die sich in ergebungsvollem Schmerz senkten, wurden violett.

Als Elias mit Priester Porcheddu zurückkam, sah er Maddalena an und bekam Angst; auch er wurde bleich und fühlte sein Blut in Todeskälte erstarren.

Aber Priester Porcheddu trällerte vor sich hin, schaute in die Runde und begrüßte alle mit Scherzen und komischen Verbeugungen. Er bestand darauf, in der Küche zu bleiben, obwohl Zia Annedda ihn fürsorglich nötigen wollte, in Maddalenas Zimmer hinaufzugehen.

»Nun, wie geht's, Zio Portolu?«

»Immer auf zwei Beinen, wie die Hühner, mein lieber Priester Porcheddu!«

»Und die Söhne, sind die Söhne brav? Sind sie immer noch Tauben?«

»Versteht sich!« rief Zio Portolu und riß die roten Äuglein weit auf. »So wie meine Söhne gibt's wenige, dem heiligen Franziskus sei's gedankt!«

Elias zwang sich zu lächeln, aber der Priester sah doch die angstvolle Verwirrung auf seinem Gesicht, und nachdem er mit allen ein wenig geplaudert hatte, blickte er Maddalena an und sagte augenzwinkernd: »Und nun werden wir bald noch eine Taube bekommen, nicht wahr? Na, der heilige Franziskus meint's gut mit Euch, Zio Portolu, der Segen des Herrn ruht auf Eurem Haus. Und nun hört zu: Was würdet Ihr sagen, wenn Euer Sohn Elias Priester würde?«

Alle waren verblüfft, denn wenn Priester Porcheddu so sprach, mußte die Sache schon abgemacht sein. Wer konnte das erwarten? Maddalena hob die Augen, und ein leichtes Rot flog über ihr Gesicht: nach dem, was sie befürchtet hatte, erschienen ihr die Worte des Priesters wie eine Freudenbotschaft. Elias war zwar für sie verloren, wenn aber keine andere Frau ihn bekam, konnte sie sich damit abfinden.

Elias bemerkte ihre Freude und beruhigte sich. Jetzt konnte er den Eindruck, den die Frage des Priesters auf die Seinen gemacht hatte, besser beobachten. Es schien, als wäre alles ein Scherz: Pietro lächelte, Zia Annedda, die aufmerksam neben Priester Porcheddu saß und gespannt lauschte, lächelte; über das wilde Gesicht Zio Portolus zog ein Lächeln.

Elias merkte, daß die Worte Priester Porcheddus bei seinen Verwandten so viel Freude hervorriefen, daß sie zu träumen glaubten; und mit einem Mal fühlte auch er eine mächtige Freude, und er begann zu lachen wie ein Kind.

Neuntes Kapitel

Zwei Jahre sind vergangen. Die Leute haben längst aufgehört, zu tuscheln, zu lachen, zu staunen, wenn sie Elias Portolu, den ehemaligen Hirten, im Seminaristenrock sehen. Im übrigen sieht er gar nicht aus wie ein junger Mann von sechsundzwanzig Jahren, und noch weniger wie ein ehemaliger Hirt. Die Klausur hat ihm Hände und Gesicht wieder gebleicht; sein bartloses, perlweißes Antlitz scheint das eines Heranwachsenden.

Bei den feierlichen religiösen Handlungen sah er in dem Spitzenhemd, das mit einem breiten blauen Band zusammengefaßt war, wie ein schwermütiger Engel aus, mit einem Zug tiefer, aber sanfter Traurigkeit um die blaßrosa Lippen. Viele Bauernmädchen, auch manche junge Dame betrachteten ihn – vielleicht ein wenig zu lange – mit großem Interesse. Doch er bemerkte es nicht, seine grünlichen Augen verloren sich in ferne Traumbilder. Was sah er wohl, wenn die Orgel klangvoll ertönte und die liturgischen Gesänge emporstiegen mit sehnsuchtsvollem Klang um verlorenes Glück, mit schmerzlicher Beschwörung von unbekanntem Glück? Sah er die Vergangenheit, die Tanka, die Einsamkeit, dachte er an seine Leidenschaft? Ja, er sah und dachte an alles und war betrübt darüber, daß er sich noch immer nicht von der Vergangenheit losreißen konnte, wie er geglaubt und gehofft hatte; und was ihn noch mehr an den Schmerz und die Lust menschlicher Leidenschaften kettete, war der beständige Anblick der jungen Frau, die im Hintergrund der Kirche kniete, inmitten der purpurroten Flut der bäuerlichen Menge. Es war

Maddalena, strahlend schön in ihrer Tracht als Frau; in den Armen, unter dem scharlachroten Umhang, der mit blauer Seide umsäumt war, hielt sie das Kind. Und das Kind hob die rosa Händchen, wenn die Mutter die Amulette aus Silber und Korallen, die um den kleinen Hals hingen, vor seinem Gesichtchen tanzen ließ, lächelte und blinzelte dabei ein wenig mit den grünlich schillernden Augen.

Beständig sah Elias sein lächelndes Kind vor sich; er liebte es mit wehmütiger Zärtlichkeit, und wie er das Kind liebte, liebte er auch die Mutter. Oft litt er in diesem vergeblichen Kampf gegen seine irdische Liebe.

Indessen bildete sich sein natürlicher Verstand heran. Zwei Jahre unermüdlichen Studiums, beständiger Lektüre und guten Willens hatten ihn auf gleiche Stufe mit den Geistlichen gehoben, die ihm schon viele Studienjahre voraus hatten. Allmählich hatte er sich an das abgeschlossene Leben, an den blinden Gehorsam, an die Disziplin gewöhnt, die ihm in der ersten Zeit fast den Atem genommen hatten. Die Vergangenheit erschien ihm wie ein Traum, aber ein Traum, an dem er mit allen Fasern hing.

Er war traurig, besonders an den Tagen, an denen er nach Hause ging, wo seine Mutter ihn mit liebevoller Unterwürfigkeit empfing. Sorgsam wich er den Augen Maddalenas aus und scheute sich, sein Kind zu berühren; wenn man ihn drängte, es zu liebkosen, so tat er es schüchtern. Doch er schrak zusammen, wenn er es erblickte, und der Wunsch verzehrte ihn, es in die Arme zu nehmen, es zu küssen, mit ihm zu scherzen, die ersten Zähnchen zu betrachten, ihm die beiden winzigen Hände zu drücken, die beiden Füßchen in eine Hand zu nehmen.

Nein, nein, sagte er sich immer wieder, ich muß mich überwinden.

Auch die Gegenwart Maddalenas, die ihm niemals einen Vorwurf gemacht hatte, ihn aber oft mit schmerzerfüllter Zärtlichkeit ansah, brachte sein Blut in Wallung. Sie war lieblicher denn je, ganz ihrem kleinen Sohn zugewandt, für den allein sie zu leben schien, und Elias konnte ihre Erscheinung nicht von der des Kindes lösen.

Er wußte, wenn er frei geblieben wäre – denn er fühlte sich schon an Gott gebunden, obwohl er noch nicht die ersten Weihen erhalten hatte –, so wäre er unfehlbar wieder in Sünde gefallen. Jetzt jedoch gelang es ihm sogar, seine Gedanken zu besiegen; aber der Kampf war aufreibend, und Elias war oft halb tot vor Bangigkeit. An solchen Tagen fühlte er sich also tief traurig, verzweifelte am Leben und an sich selbst, aber niemals lehnte er sich auch nur einen Augenblick auf oder bereute seinen Beschluß.

Manchmal jedoch schwanden seine Kräfte. Träume quälten ihn im Schlafen und Wachen; sie waren schlimmer noch als alle Versuchungen. Fast jede Nacht träumte er von der Vergangenheit, der Tanka, den Schafen, dem Häuschen und von Maddalena, oft auch von dem Kind, und immer war er noch Hirte und frei; doch ein schwerer Druck, eine sehr schmerzhafte Erinnerung, die er nicht festhalten konnte, machten ihm diese Träume zu einem wahren Alpdruck. Und doch ängstigten sie ihn weniger als die Träume, die er mit offenen Augen träumte, die lieblichen und verhängnisvollen Bilder, die ihn in ihre gefährlichen Kreise bannten. Nein! Nein! Nein! wiederholte er sich immer wieder und verjagte die unnützen Wünsche, die unseligen Bilder, fing an zu beten und zu arbeiten; doch wenn er die traurigen Träume auch hundertmal verjagte, sie kehrten hundertmal zurück.

Eines Nachts studierte er den Brief des heiligen Paulus

an die Römer. Es war eine Aprilnacht, klar und mondhell. Durch das offene Fenster drang die milde Luft, und am kristallklaren Himmel sah man einen strahlend hellen Stern funkeln. Elias war trauriger denn je. Das Leben packte ihn, sprach zu ihm durch den reinen Odem der Aprilnacht; unauslöschliche Erinnerungen kamen ihm wieder in den Sinn, und in seinem Blut schien mit dem Wiederaufleben der Natur etwas Neues, etwas Beunruhigendes zu gären.

Nein, nein, nein, sagte er sich immer wieder und schüttelte den Kopf, wie um die quälenden Gedanken zu verjagen. Du mußt alles vergessen, arbeiten, vorwärtsgehen, Elias Portolu. Er nahm den Kopf zwischen die Hände und versenkte sich in die Lektüre; um ihn herrschte tiefes Schweigen, nur aus weiter, weiter Ferne, als käme sie weit vom Land her, klang eine schwermütige Nuoreser Weise herüber. Elias las, las immer wieder, dachte über das Gelesene nach und sagte sich dann jeden Vers auswendig vor:

... Die Liebe ist nicht falsch. Hasset das Arge, hanget dem Guten an.

Seid nicht träge in dem, was ihr tun sollt. Seid brünstig im Geiste. Schicket euch in die Zeit.

Seid fröhlich in Hoffnung, geduldig in Trübsal, haltet an am Gebet.

Segnet, die euch verfolgen, segnet, und fluchet nicht.

Vergeltet niemandem Böses mit Bösem. Befleißigt euch der Ehrbarkeit gegen jedermann.

Die Rache ist mein, Ich will vergelten, spricht der Herr.

Laß dich nicht das Böse überwinden, sondern überwindet das Böse mit Gutem.

Wie war doch das Wort des Apostels so stolz und so lieblich zugleich! Es war wie das Rollen des Donners und wie die klare Stimme der rauschenden Quelle in der Stille der Nacht; doch es kam von zu weiter Ferne, von zu großer Höhe herab, wie das Donnerrollen, wie das Rauschen der Quelle, das man im Traum hört. Elias lauschte ihm und fühlte sich davon umhüllt und erfrischt wie von einem duftenden Schweißtuch; doch ach, es war ein Tuch so zart wie ein Nebelschleier, das schon der Hauch der weichen Aprilnacht zerreißen könnte.

Das ferne Sardenlied erklang nun ein wenig näher; über dem schwermütigen Chor erhob sich eine klangvolle Tenorstimme, in der die ganze Wonne und Lieblichkeit der Mondnacht mitschwang. Elias hob den Kopf und stand plötzlich wie unter einem Zauber. Wo hatte er diese Stimme schon gehört? Eine fast körperliche Erinnerung ließ ihn auffahren. Er erinnerte sich, daß er eine andere Nacht wie diese erlebt hatte, dem gleichen Gesang gelauscht hatte, ebenso traurig gewesen war wie jetzt. Wo? Wann? Wie? Er erhob sich und lehnte sich ans Fenster, im klaren Schein des Mondes, der im Zenit stand. Der frische Wind brachte ferne Düfte: er erschauerte und erinnerte sich wieder an die Nacht, wo er zu Füßen des heiligen Franziskus vor Leidenschaft geweint hatte.

Die Stimme des Apostels war verstummt, der Schleier zerrissen. Was waren die Ewigkeit, der Tod, die Eitelkeit aller menschlichen Leidenschaft, das Gute, das Böse, die Vollendung, das ewige Leben gegenüber dem flüchtigen Glück dieser Aprilnacht, diesem frischen Windhauch, diesem Liebeslied? Und Elias unterlag, das Leben packte ihn wieder, ganz und gar. Und er fiel am Fenster, im Mondlicht, auf die Knie und weinte wie ein Kind, das von höchster, von rasender Verzweiflung ergriffen wird.

In seinem Weinen betete er wie von Sinnen.

O Herr, Du siehst, wie schwach und verworfen ich bin.

Hab Mitleid mit mir, mein Gott, verzeih mir, gib mir Frieden, reiß mir das Herz aus der Brust. Ich bin ein Mensch, ich kann mich nicht überwinden; warum hast Du mich so schwach gemacht, o Herr? Ich habe mein Leben lang gelitten. Wenn ich, besiegt von meiner schwachen Natur, das Glück gesucht habe, so habe ich gesündigt, Deine Gebote mit Füßen getreten, bin schlechter und gottloser gewesen als die Heiden; aber ich habe so viel gelitten, mein Gott, und ich leide noch so viel; das Maß ist übervoll. Mein Gott, mein Gott, mein Gott! fuhr er schluchzend fort, das Gesicht verzerrt und überströmt von salzigen Tränen, hab Mitleid mit mir, verzeih mir, hilf mir, gib meinem Herzen Frieden ... gib mir ein wenig Glück ... ein wenig Zärtlichkeit: habe ich nicht ein Recht darauf, mein Gott? Bin ich nicht auch ein menschliches Wesen? Wenn ich gesündigt habe, so verzeih mir, wenn Du barmherzig bist; wenn Du groß bist, Herr, so verzeih mir und gib mir ein wenig Glück, ein wenig Freude ...

Nach und nach versiegten seine Tränen, der heftige Ausbruch hatte ihm gutgetan, ihn beruhigt. Als der Gipfel der Verzweiflung überschritten war, schämte er sich seiner Tränen, dachte aber: Mein Vater sagt immer, nur Feiglinge weinen, ein Sarde, ein Nuoreser dürfe nicht weinen, aber es tut so gut! Irgendwann erstickt man doch an seinen Tränen.

Er schämte und ängstigte sich auch seines Gebetes wegen, das beinahe eine Herausforderung Gottes war, bat um Vergebung und sagte sich von seinen Wünschen los. Doch am nächsten Morgen wurde er in größte Bestürzung versetzt. Überraschung, Schmerz, auch Freude ergriffen ihn, als ihm ein Bote mitteilte, daß sein Bruder Pietro mit einer heftigen Nierenentzündung vom Feld heimgekommen und daß sein Zustand sehr bedenklich sei.

Wenn er stirbt, kann ich Maddalena heiraten! dachte er sofort.

Hatte Gott sein Gebet erhört? Nein, nein: entsetzt schreckte er vor dieser Gotteslästerung zurück, vor dem Bild eines so ungeheuerlichen Gottes, wie seine Einbildungskraft es in diesem Augenblick geformt hatte. Nein, es war nicht möglich.

Wie verworfen bin ich doch! dachte er und ging fröstelnd nach Hause. Nein, ich werde mich niemals retten, ich bin durch und durch schlecht.

Und er grämte sich mehr über seine bösen Gedanken als über Pietros Krankheit, sie reuten ihn, und er schalt sich heftig. Doch als er nach Hause kam und hörte, daß der Bruder schon am Tag vorher krank heimgekehrt sei, empfand er eine Art Enttäuschung, so sehr schmeichelte ihm der sonderbare Gedanke, daß Gott sein Gebet erhört haben könnte.

Pietros Zustand war tatsächlich ernst, sein Gesicht bleifarben, die Züge entstellt von schwerem Leiden, er stöhnte beständig. Drei Tage zuvor hatte er große Strekken zu Fuß zurücklegen müssen, um einen entlaufenen Ochsen einzufangen; die Sorge, die Anstrengung, die Hitze, eine Veranlagung zur Krankheit hatten ihn niedergeworfen. Seine Füße waren blutig und geschwollen, die Hände von Steinen und Brombeeren zerrissen.

Große Bestürzung herrschte im Haus der Portolus. Maddalena weinte aufrichtig, Zia Annedda hatte zwei Lampen angezündet und die grünen Worte gesprochen, und die grünen Worte hatten ihr geantwortet, daß Pietro sterben müsse.

Für Elias folgten schreckliche Tage. Er war oft beim Bruder, blickte ihn an, ging im Zimmer auf und ab, still die Hände ringend, unglücklich, daß er nichts für Pietros

Rettung tun konnte. Niemals richtete er den Blick auf Maddalena oder auf das Kind, verzweifelt ging er wieder weg und betete inbrünstig stundenlang für Pietros Genesung. Doch oft, selbst mitten im Gebet, schrak er auf, und eine tödliche Kälte ließ sein Blut stocken. Ach, welches Ungeheuer sprang ihn an? Warum raunte es ihm Freudenworte zu, sobald er sich einen Augenblick vergaß, warum flößte es ihm sündhafte Wünsche ein, indem es ihm beständig das Bild des toten, begrabenen Bruders vor Augen hielt?

Das ist der Satan, dachte er eines Abends, aber er soll nicht siegen; nein, er soll nie mehr siegen! Nun gut, wenn Pietro stirbt, wenn er sterben muß, ja, so entsetzlich es ist, Satan, nun wünsche ich den Tod meines Bruders, um dir zu zeigen, daß du mich nicht besiegen wirst. Nie mehr! Nie mehr! Ich bin stärker als du, Satan. Mein Fleisch ist schwach, du kannst es überwinden, aber meinen Geist bezwingst du nie wieder.

In dieser Nacht starb Pietro. Elias schloß ihm die Augen, schlug das Zeichen des Kreuzes über seinem Gesicht und half Zia Annedda beim Waschen und Ankleiden des Leichnams.

Dann wachte er die ganze Nacht bei dem toten Bruder. Ab und zu stand er auf, beugte sich über Pietros Gesicht und betrachtete es lange in der törichten Hoffnung, daß Pietro nicht tot sei, daß er sich von einem Moment zum anderen bewegen und aufstehen müsse.

Doch das bärtige, fahle Gesicht mit den gesenkten Lidern blieb unbewegt wie eine schauerliche Bronzemaske. Elias hatte noch niemals und so lange von nahem eine Leiche angesehen; nun empfand er – vielleicht zum ersten Mal in seinem Leben – die ganze unerbittliche Größe des Todes. Er dachte an den lebenden, lachenden Pietro; ach, ein Hauch hatte genügt, ihn niederzustrecken, ihn für immer stumm und steif zu machen! Für immer! Morgen um diese Stunde wird auch diese sterbliche Hülle von der Welt verschwunden sein! dachte er, und es fiel ihm schwer zu glauben, daß alles so enden müsse, daß auch er, die Eltern, der Bruder, Maddalena, auch das Kind, eines Tages dahingehen würden. Dann fiel er am Fußende des Bettes auf die Knie, und sein Schmerz verwandelte sich in Trost.

Ja, alles nimmt ein Ende, dachte er, auch unser Leiden. Warum also trauern? Alles hört auf, nur die Seele bleibt. Retten wir sie.

Und mehr denn je fühlte er sich stark gegen die Versuchung, gegen die Sünde. Dann erinnerte er sich wieder an den lebenden Bruder, an ihre Kindheit, an die Jugend und an das tödliche Unrecht, das er ihm angetan hatte, und er wurde tieftraurig, ein Schluchzen preßte ihm die Kehle zu.

Ob er jetzt, wo er tot ist, weiß, was ich ihm angetan habe? fragte er sich. Wird er mir verzeihen?

Doch diese Fragen führten ihn zu seinen Erinnerungen zurück. Er sah Maddalena wieder in derselben Kammer, in der nun der Tote ruhte, und ein heimliches Wonnegefühl beschlich ihn plötzlich bei dem Gedanken, daß er sie jetzt ohne Sünde lieben dürfte. Aber sofort wehrte er diese Versuchung ab, beugte sich erneut über das Gesicht des Verstorbenen und versenkte sich wieder in die Betrachtung des Todes. So verging die Nacht.

Als der Morgen dämmerte, schlief er ein wenig ein; er träumte, daß Pietro lebe, daß er in die Tanka komme (er selbst war, wie immer im Traum, noch Hirt). Pietro kam zu Pferd, mit aschgrauem Gesicht und geschlossenen Augen, wie er sie im Tod hatte.

Was hast du? fragte Elias entsetzt.

Das Kind ist tot, das wollte ich dir sagen, antwortete Pietro. Komm ins Dorf, denn du mußt es begraben.

Elias empfand einen solchen Schreck, eine solche Angst, daß er sich gewaltsam aus dem Schlaf riß; aber beim Erwachen fühlte er sich noch genauso verängstigt wie im Traum. Es war schon heller Tag. Er hörte das Kind weinen, und sofort dachte er voller Schmerz: Muß nun auch mein Kind sterben? Hat der Traum eine Vorbedeutung? Ein Unglück kommt nie allein, und ich glaube an Träume.

Jedes Unheil schien ihm von nun an möglich, ja nahe und unausweichlich, und von tiefer Trauer überwältigt, ging er zu dem Kind.

Das Kind weinte. Maddalena, schon in Trauerkleidung (und die schwarze Tracht machte sie hübsch, jung und frisch, wie sie war), suchte den Kleinen zu beruhigen und sprach zu ihm mit sanfter Stimme. Es waren schon viele Verwandte gekommen, und das Haus war ganz in Dunkel getaucht.

Leise, fast verstohlen kam Elias im Halbdunkel des Zimmers näher.

»Was hast du?« fragte er und beugte sich über den Kleinen. »Warum weint er?« wandte er sich dann an Maddalena.

Das Kind sah ihn mit großen, tränenvollen Augen an und war einen Augenblick still, das offene Mündchen zitterte noch; dann begann es von neuem zu weinen; auch Maddalena hob die Augen zu Elias empor, und auch um ihren Mund zitterte es.

»Still, still, mein Liebling«, sagte sie mit bebender Stimme, das Kind auf ihrem Arm hin und her wiegend, »sei lieb, Zio Elias ist da, der mag nicht, wenn du weinst.«

Mit einem Mal beugte sie das Gesicht über die Schulter des Kindes und fing an, bitterlich zu weinen.

»Aber Maddalena, was ist das?« sagte Elias außer sich.

Dann entfernte er sich, wie von einer unsichtbaren Hand geschoben. Diese Szene hatte ihn im Innersten aufgewühlt; er fühlte, daß Maddalena nicht nur über den Tod ihres Mannes weinte, und ihr immer noch zärtlicher und glühender Blick war ihm bis ins Herz gedrungen.

Ach, dachte er, als er in einem Winkel saß, im Kreis der Verwandten, Priester Porcheddu hat recht, das Kind wird uns immer aneinanderketten, immer. Ich darf es nicht sehen, mich ihm nicht nähern, sonst vergesse ich mich einmal, und jetzt mehr denn je.

All diese Leute, die kamen und gingen und über banale Dinge sprachen, langweilten ihn zu Tode. Sehnlichst wünschte er, daß alles vorüber sein möge, die Leichenfeierlichkeiten und die drei Tage der Beileidsbezeigungen, um allein zu sein mit seinem Schmerz und all den Anfechtungen.

Ach! dachte er. Wenn die Versuchung schon jetzt so stark ist, während die Leiche meines Bruders noch hier, beinahe noch warm ist, was soll dann später werden? Nein, nein, nein! nahm er sich wütend vor. Ich werde siegen, ich muß siegen und werde siegen.

Doch der Kampf hatte begonnen, und er war schrecklich. Der erste, zweite, dritte Tag mit den Leichenfeierlichkeiten, den Beileidsbezeigungen, den sardischen Trauerzeremonien gingen dahin wie ein böser Traum.

Endlich fand sich Elias in seiner Zelle wieder, hingestreckt auf sein schmales Bett, müde, allein. Er dachte immer an die Nacht, in der er den Brief des heiligen

Paulus an die Römer gelesen hatte, und die Erinnerung an sein verzweifeltes Gebet kehrte wieder, bohrend wie ein Gewissensbiß.

Ich bin hart dafür bestraft worden! dachte er. Aber wer kennt die Wege des Herrn? Wenn Er mich wirklich erhört hätte? Wenn dies mein Leben sein sollte? Habe ich nicht auch das Recht auf irdisches Glück? Bin ich nicht ein Mensch wie die andern?

Und das tückische Traumbild beherrschte ihn mehr und mehr: die reine, duftende Frühlingsluft stieg bis zu seiner Zelle auf, und durchs Fenster sah man im Hintergrund einen so tiefen, so blauen Himmel! War er nicht ein Mensch wie die anderen? Er hatte gesündigt! Aber welcher Mensch sündigte nicht? Und wer verdammt sich deshalb zu ewiger Strafe?

Gut, ich verlasse das Seminar. Jetzt, wo Pietro tot ist, wird man mich im Haus nötig haben, das entschuldigt mich. Die Leute werden ein wenig darüber klatschen, doch worüber klatschen die Leute nicht? In einem Jahr spricht niemand mehr davon, und dann! ... Ah, diese Wonne! Wäre solch eine Wonne wirklich möglich? O doch, endlich ist sie es!

Warum bin ich so dumm, auch nur einen Augenblick zu zögern? fragte er sich, über sich und seine sinnlose Selbstquälerei erstaunt. Sein Herz war voller Freude, aber mit einem Mal fühlte er es leer, und er versank wieder ganz und gar in Verzweiflung.

Nein! Nein! Nein! Wozu diese eitlen Hirngespinste? So besiegst du also die Versuchung, Elias Portolu? Sind das deine Gelübde? Nein, nein, nein, ich werde siegen; hebe dich hinweg, Satan, ich werde dich besiegen! Und er ballte die Fäuste wie zu einem wirklichen Kampf. Und so vergingen die Stunden, die Tage, die Nächte und die Monate.

Eines Tages kündigte man ihm an, daß er bald die ersten Weihen empfangen werde. Er freute sich nicht darüber, aber er war auch nicht traurig. Er meinte, nun Erfahrung erworben zu haben und sich nichts mehr vormachen zu müssen. Er dachte an die erste Zeit seiner Liebe, als er noch hoffte, die Heirat Pietros mit Maddalena werde genügen, ihn von seiner Leidenschaft zu heilen. Jedoch! ...

Nein, ich will mich nicht täuschen, dachte er. Ich bin ein Mensch und bleibe immer den Leidenschaften unterworfen; nein, die Erlösung liegt nicht in den Hindernissen, die zwischen uns und der Sünde liegen, sondern in unserer eigenen Kraft, in unserem Willen.

Als er nach Hause ging, um dort die Nachricht mitzuteilen, fand er die ganze Familie glücklich beisammen, auch Mattia war da. (Die Portolus hatten jetzt einen Knecht, weil Zio Berte und sein Sohn die Arbeit bei der Schafherde und auf dem Feld allein nicht bewältigen konnten.) Ein Verwandter, Jacu Farre, der seit Pietros Tod oft das Haus besuchte, war auch dort.

Jacu Farre war ein Großgrundbesitzer, er hatte Herden, Land, Pferde und Bienenkörbe und war Junggeselle. Er hatte eine große Neigung zu Pietros Sohn gewonnen, und die Portolus faßten ihn mit Samthandschuhen an, in der Hoffnung, daß er sein Hab und Gut dem Kind vermachen würde. Elias fand ihn also unter den Seinen, auf einem Knie das Kind, zu dem er sagte: »Schau, wie wir traben. Wir reiten zum Fest, was, Berteddu?«

Das Kind lachte. Elias ärgerte sich darüber; er sah den Farre an, der trotz seiner Beleibtheit ein hübscher Mann war, er sah das Kind an, er sah Maddalena an. Er hatte einen Anfall von Eifersucht, doch er bezwang sich sofort und erzählte die Neuigkeit. Für die Portolus, besonders für Zia Annedda, die durch den Schmerz um Pietros Tod zehn Jahre gealtert und vollständig taub geworden war, wirkte Elias' gute Nachricht wie ein Sonnenstrahl.

»Der heilige Franziskus sei gelobt!« sagte Zio Portolu. »Auf diesen Tag habe ich gewartet. Hätte ich diese Hoffnung nicht gehabt, so hätte ich mir das Leben genommen. Ah, ihr lächelt! Du lächelst, Jacu Farre! Ach, du weißt nicht, wie das Herz Zio Portolus beschaffen ist!« Und er seufzte mehrmals auf. Elias' Gesicht wurde düster.

Mein Vater spricht im Ernst, dachte er, er würde den Schmerz nicht überleben, wenn ich jetzt noch zurücktreten würde.

Nur Maddalena schien sich nicht über die Nachricht zu freuen. Sie hielt die schweren Lider gesenkt, mit einem noch stärkeren Ausdruck von entsagungsvollem Schmerz, und sah Elias nicht ein einziges Mal an, doch er täuschte sich keinen Augenblick über ihre Gefühle.

Sie liebt mich noch immer, dachte er beim Fortgehen. Jacu Farre macht ihr vergeblich den Hof. Sie ist mein, mein ganz allein. Sie wird mich aufsuchen wollen, sie wird alles tun, um mich zu sprechen, mich von meinem Vorhaben abzubringen; da bin ich mir sicher. Was soll ich machen?

Er wußte es nicht, wie er im übrigen auch nicht wußte, wie und wann Maddalena mit ihm würde sprechen können. Unterdessen wartete er, und dieses Warten bereitete ihn auf den Kampf vor, oder wappnete ihn zumindest gegen eine Überrumpelung. Wenn man ihm mitteilte, daß jemand ihn sprechen wollte, fühlte er sein Herz klopfen und dachte: Das ist sie! Sah er dann, daß sie es nicht war, so atmete er auf und wurde zugleich tief betrübt. Ging er nach Hause, so hatte er Angst, Maddalena allein anzutreffen; vorsichtig trat er ein und ärgerte sich dann, wenn er sah, daß Maddalena nicht allein war.

Das muß jetzt aufhören! sagte er sich, wie um sich zu entschuldigen. Wir müssen darüber reden und die Sache ein für allemal beenden.

Doch es verging noch manche Woche, ohne daß Maddalena ihn belästigt hätte.

Sie hat sich damit abgefunden; um so besser! Wer weiß? Vielleicht habe ich mich getäuscht, vielleicht denkt sie mehr an Jacu Farre als an mich! sagte er sich. Und er bildete sich ein, darüber ganz froh zu sein, aber im Innern empfand er einen seltsamen, grundlosen Schmerz.

An einem Oktobernachmittag jedoch, zwei oder drei Tage vor dem festgesetzten Tag der Priesterweihe, studierte er gerade in seiner Zelle, als man ihm sagte, daß jemand ihn sprechen wolle.

Das ist sie! dachte er verwirrt.

Sie war es nicht, sondern ein Nachbarjunge, den sie zu ihm geschickt hatte. Priester Elias (so wurde er schon genannt) solle sofort nach Hause kommen, er sei dringend nötig.

»Zur Mutter?« fragte Elias.

»Ich weiß es nicht.«

»Ist vielleicht das Kind krank?«

»Ich weiß es nicht.«

»Na geh, ich komme sofort.«

Und er ging, das Herz voll banger Ahnung. Maddalena war allein zu Hause, Zia Annedda war aufs Feld gegangen, das Kind schlief. Der Fußweg war verlassen, und rund um das Häuschen herrschte die sanfte Stille, der unendliche Frieden des verhangenen Herbstnachmittags.

Kaum hatte Maddalena Elias erblickt, so wurde sie sehr unruhig; sie fühlte, daß sie sich vergebens auf eine lange

Rede voll überzeugender Logik vorbereitet hatte. Die Zeit, wo sie in die Tanka gekommen war und Elias mit einem Kuß bezwungen hatte, lag nun weit zurück; jetzt empfand sie Scheu, vielleicht auch Angst vor dem Kleid ihres einstigen Geliebten, vielleicht sprach auch jetzt die Vernunft stärker in ihr als die Leidenschaft. Jedenfalls war sie sehr erregt und verwirrt, nötigte Elias zum Sitzen und schenkte ihm wie immer den Kaffee ein, der für ihn bereitstand; dann fragte sie, ohne ihn anzusehen: »Also Sonntag ist die Feier?«

»Wußtest du das nicht?«

»Doch, ich wußte es.«

Schweigen.

»Warum hast du mich kommen lassen?« fragte er endlich.

»Warum?« sagte sie, als ob sie sich selber die Frage stellte. »Ah, warte, das Kind wacht auf. Ach, mein Berteddu, sei ruhig, ich komme, ich komme schon. Schau, Zio Elias ist da!« Dabei stand sie auf, ging hinaus und holte den Kleinen. Elias wurde angst.

»Elias«, begann sie, »du kannst dir vielleicht denken, was ich dir sagen will.« Er schüttelte den Kopf. »Sagt dieses unschuldige Geschöpf dir gar nichts? Und dein Gewissen, sagt dir das nichts? Befrage es einmal, du hast noch Zeit. Wird es Gott, der alles sieht, nicht wohlgefälliger sein, wenn du diesem unschuldigen Kind den Vater zurückgibst, anstatt das zu tun, was du tun willst?«

Sie schwieg, sah ihn an und wartete auf Antwort. Elias legte die Hand – und diese Hand zitterte heftig – auf das Köpfchen des Kindes und streichelte es unbewußt.

»Was soll ich dir sagen? Jetzt ist es zu spät, Maddalena«, murmelte er.

»Nein, es ist nicht zu spät, es ist nicht zu spät!«

»Es ist zu spät, sage ich dir. Der Skandal wäre riesengroß, man würde mich für verrückt halten.«

»Ah«, meinte sie bitter, »wegen der bösen Zungen der Leute willst du nicht deinem Gewissen folgen?«

»Aber mein Gewissen sagt mir, den Weg zu gehen, den ich jetzt gehen will, Maddalena!« sagte er ernst, ohne die Augen aufzuschlagen und immer den kleinen Berte streichelnd. »Angenommen nun, ich zöge diesen Rock wieder aus und heiratete dich, würden wir denn jemals sagen können, daß er mein Sohn ist?«

»Vor der Welt, Elias! Vor der Welt wird er niemals dein Sohn sein, aber du könntest doch für ihn sorgen wie für deinen Sohn!«

»Ich werde ihn genauso liebhaben, werde genauso für ihn sorgen. Niemand wird mich in dem neuen Stand daran hindern, meine Pflicht an ihm zu erfüllen.«

»Nein, nein«, sagte sie immer verzagter, indem sie den Kopf senkte und ihn heftig schüttelte, »nein, nein, das ist nicht dasselbe, es ist nicht dasselbe!«

»Es ist ganz dasselbe, Maddalena, ich sag's dir doch.«

»Du sagst es, aber es ist nicht dasselbe. Und dann!« stieß sie hervor und hob stolz den Kopf. »Was ist mit mir, Elias? Was ist mit mir? Denkst du denn gar nicht an mich?«

»Ich kann nicht«, murmelte er.

»Du kannst nicht? Und warum kannst du nicht, Elias? Es ist noch immer Zeit! Ist es denn möglich, daß du an nichts mehr zurückdenkst?«

»Ich kann nicht mehr daran denken. Und ich sage dir noch einmal, es ist zu spät.«

»Es ist nicht zu spät, es ist nicht zu spät...«, wiederholte sie, die Hände ringend, verzweifelt darüber, daß sie die vorbereiteten Worte nicht finden konnte.

Dabei war sie scharfsichtig genug zu bemerken, daß Elias bewegt war, daß er die Farbe gewechselt hatte, daß seine Hand auf dem Köpfchen des Kleinen zitterte, daß nur ein wenig Kühnheit genügte, ihn zu überwinden. Sie hätte aufstehen wollen, ihm um den Hals fallen, zu ihm sprechen wollen, wie sie in der Tanka zu ihm gesprochen hatte, doch eine höhere Macht hielt sie zurück und erlaubte ihr kaum, ihn anzuschauen. Sie fühlte sich schüchtern und befangen wie ein junges Mädchen beim ersten Liebesgeflüster. Mühsam spann sich dies Gespräch nun weiter, und kläglich endete es.

Auf hunderterlei Art wiederholte Maddalena, was sie bereits gesagt hatte, erinnerte Elias an die Vergangenheit, versicherte ihm, daß sie ihn noch immer liebe, daß sie bis an ihr Ende an ihn denken werde; doch den anrührenden Ton der Leidenschaft fand sie nicht mehr, und alle ihre Worte, alle ihre Vernunftgründe wogen den Blick nicht auf, mit dem sie Elias in der Tanka bezwungen hatte; das fühlte er, und so konnte er siegen.

Sie trennten sich, ohne sich auch nur die Hand zu geben, doch Elias fühlte, als er allein war, wie leicht sein Sieg gewesen war und wie kläglich.

Wenn sie mich wieder in Versuchung geführt hätte, so wäre ich vielleicht schwach geworden, dachte er. Ach, nur weil sie kalt blieb, blieb auch ich kalt. Doch vielleicht versucht sie noch einmal, mich zu erobern, jetzt, wo sie damit begonnen hat; denn sie liebt mich noch, es ist nicht nur, um dem Kind einen Vater zu geben, sie will auch meine Liebe wiederhaben, darum versucht sie mich.

Er war traurig, unruhig, schwach, aber er verzweifelte nicht an der Gnade Gottes, und mit der schmerzlichen Wollust, mit der die Eiferer ihren Körper geißeln, wünschte er, daß Maddalena ihn verfolgen und ihn noch einmal versuchen möge, stärker noch, damit er mehr darunter litte und seine Widerstandskraft erproben könne.

Zehntes Kapitel

Doch sie versuchte ihn nicht mehr. Er empfing die ersten Weihen, studierte weiter, wurde in kurzer Zeit zum Priester geweiht und konnte seine erste Messe lesen. Im Hause feierte man diesen Tag wie eine Hochzeit: Verwandte und Freunde brachten ihm Geschenke, als wäre er ein Bräutigam, man schlachtete Schafe und Lämmer, schmauste viel und sang improvisierte Lieder für den jungen Priester. Zio Portolu hatte sich ganz neu eingekleidet, die Haare geölt, die Zöpfchen geflochten und lauschte nun dem Wettstreit der Stegreifdichter; dabei hielt er den kleinen Berte auf den Knien, der traurig das Köpfchen an seine Brust lehnte.

»Was hast du, mein Lämmchen?« fragte Zia Annedda und beugte sich über den Kleinen. »Bist du müde?«

Das Kind schüttelte den Kopf; seine blaugrünen Äuglein blickten traurig. Zia Annedda ging hinaus und holte ein Vögelchen aus süßem Honigkuchen, das sie zwischen zwei Fingern hielt. Sie beugte sich wieder über den Kleinen und zeigte es ihm. »Da, nimm, sieh mal, das ist ein Vögelchen. Mußt nicht einschlafen, weißt du.« Der Kleine nahm lustlos den Kuchen, ohne den Kopf von der Brust des Großvaters zu heben, führte den Schnabel des Vogels zum Mund, aß aber nichts davon.

»Bist du müde?« fragte Zio Portolu und sah ihn an. »Hast du heute nacht nicht geschlafen, mein Vögelchen? Auf, komm, sei munter! Horch mal, wie schön sie singen! Wenn du groß bist, singst du auch so. Wir reiten zusammen in die Tanka und singen miteinander.«

Doch der Kleine, der sonst immer begeistert war bei dem Gedanken, in die Tanka zu gehen, rührte sich nicht. Mittags wollte er nicht essen und war nicht vom Großvater wegzubringen, an dessen Brust er den Kopf gelehnt hielt.

»Ich glaube, dein Sohn ist krank«, rief Farre Maddalena zu.

Priester Elias zuckte zusammen, sah das Kind an und dachte sofort an den Traum, den er in der Nacht gehabt hatte, als er an der Leiche Pietros wachte. Maddalena liebkoste das Kind, befragte es, nahm es in ihre Arme und legte es auf das Bett, in dem einst Elias geschlafen hatte.

»Er ist müde, jetzt schläft er«, sagte sie, als sie zurückkam. Aber Priester Elias beruhigte sich nicht; wie gern wäre er aufgestanden und zu dem Kleinen gegangen, um ihn zu untersuchen, doch er konnte sich nicht von der Stelle rühren und mußte seine Unruhe verbergen.

Er hörte den Sängern zu, lächelte bei gut gelungenen Versen ein wenig, aber er sagte nichts, lachte nicht. Er sah den dicken, reichen Vetter Farre, der beim Sprechen keuchte, durchs Haus gehen, hörte ihn Anweisungen geben, sich in jede Sache mischen, als wäre er der Herr. Oft sprach er mit Maddalena, und Elias empfand Eifersucht darüber; ertappte er sich dabei, so ärgerte er sich über sich selbst, schwieg aber.

Nach dem Essen ging er beinahe verstohlen zu dem Knaben, beugte sich über ihn und betrachtete ihn lange; und als er sah, daß er ruhig mit halboffenem Mündchen schlief, den Kuchenvogel in den Händen, ergriff ihn überströmende Zärtlichkeit, und er küßte ihn andächtig. Als er sich aufrichtete, dachte er an Maddalenas Hochzeitstag und an die darauffolgende Nacht, an seine Krankheit und an den Schmerz, den er auf diesem Bett durchlebt hatte.

Das sind nun die Dinge dieser Welt! sagte er sich. Wer hätte je geglaubt, daß es so kommen würde?

Als er in die Küche trat, hörte er Farre mit Maddalena, die den Kaffee bereitete, über das Kind sprechen.

»Du sorgst dich gar nicht um ihn«, sagte Farre zu ihr, »siehst du denn nicht, daß er krank ist? Sieht so ein gesundes Kind aus? Nein, ich werde den Doktor kommen lassen. Du sollst sehen, daß ich recht habe.«

Was geht ihn das an? sagte sich Elias bitter und eifersüchtig. Ich muß mich darum kümmern, nicht er.

Er ging in den Hof hinaus, wo man wieder angefangen hatte zu singen, und setzte sich neben seinen Vater; er schien dem Wettstreit der Stegreifdichter zu lauschen, doch er dachte immer an Farre, an Maddalena und an den Kleinen, er wurde traurig und wütend, und ein neuer Wunsch wurde ihm bewußt: daß Maddalena Witwe bleiben möge; niemals hatte er daran gedacht, daß sie sich wieder verheiraten könnte und daß er dann keine Macht mehr über sein Kind haben würde.

Sie wird Farre heiraten, dachte er, dann darf ich meinen Sohn nicht mehr lieben, man wird mir die Küsse und die Zärtlichkeiten zuzählen. Seine Gedanken schweiften in die Zukunft, und er dachte an Dinge, die weit ablagen von dem Amt, das er an diesem Tag angetreten hatte.

Nach dem Fest kehrte Elias ins Seminar zurück. Er wurde sich seiner eitlen Gedanken bewußt, der Eifersucht, der Trauer, die er während des Tages empfunden hatte, und eine große Unzufriedenheit mit sich selbst ergriff ihn.

Es ist vergebens, es ist vergebens, dachte er und wälzte sich auf dem Bett umher. Das Fleisch hängt nun einmal an den Knochen, und nie werde ich mich von den Dingen dieser Welt lösen. Ich werde ein schlechter Priester sein, wie ich ein schlechter Laie gewesen bin, denn ich bin kein guter Christ. Das ist es.

Und dann geschah, was er vorhergesehen hatte. Farre bat um Maddalenas Hand und nahm sich sofort des Kindes an, als wäre es sein eigenes. Er ließ den Arzt kommen, und als der Arzt erklärte, daß der Kleine blutarm sei, kaufte der Dicke die Medizin, und was sonst noch für die Gesundheit des kleinen Berte not tat. Priester Elias sah es und schwieg, aber innerlich verzehrte er sich vor Eifersucht; oft, wenn er allein war, ja selbst in der Kirche, überraschte er sich dabei, daß er an den gesunden, roten Dickwanst mit seiner langsamen Aussprache, seiner keuchenden Art zu reden dachte, und er fühlte, daß er ihn haßte.

Eines Tages lud Farre ihn in seine Tanka ein.

»Zio Portolu kommt auch«, sagte er, »wir nehmen den Jungen mit, das wird ihm guttun, und werden uns schon die Zeit vertreiben.«

Elias wollte im ersten Augenblick brüsk ablehnen, dann aber beherrschte er sich und nahm die Einladung an.

Aber er litt sehr während dieses Ausflugs. Farre hatte den Kleinen vor sich aufs Pferd gesetzt, und Berteddu lehnte das Köpfchen an seine Brust und stellte ihm hundert Fragen. Er wollte wissen, warum dort der Rabe krächzte, hier ein Sperling aufflog, warum der Busch die roten Beeren und die Eiche die grünen Eicheln hatte. Farre erklärte ihm alles mit großer Geduld und gab ihm hin und wieder einen Kuß.

»Sieh mal, das ist ein wilder Birnbaum: schau doch nur, er hat mehr Früchte als Blätter! Die gefallen dir wohl, was, die wilden Birnen, mein kleiner Spatz? Und die langen grauen Dinger da, siehst du die, die wie große Leuchter aussehen? Und das da, weißt du, was das ist? Das ist

Fuchsrohr, daraus macht man Pfeifen. Die Hirten machen sich ihre Pfeifen so. Ja, die Hirten sind nicht wie die großen Herren, weißt du, die zum Kaufmann gehen und die schönen Sachen fix und fertig kaufen. Die Hirten müssen sich behelfen. Wirst du auch Hirt?«

»Ja, ich will auch Hirt werden, ja«, sagte der Kleine schläfrig, »ich will meine Pfeifen aus dem Rohr da machen.«

»O nein, o nein! Hört ihr, Vater Portolu, der Kleine will Hirt werden! Und wir wollen doch einen Doktor aus ihm machen, oder?«

Es waren Albernheiten, und doch litt Elias, der dicht neben dem Vetter ritt, kindisch darunter. Was hatte dieser Fremde sich um die Zukunft seines Kindes zu kümmern? Nein, nein, er würde nie erlauben, daß der dort sich in das Leben und das Schicksal seines Kindes einmischte. Doch auch das war ein Traum! Die Wirklichkeit holte ihn schon mit den Worten Zio Portolus ein, der zu dem kleinen Berte sagte: »So, du willst also Hirt werden, kleine Taube? Warum willst du denn Hirt werden? Weißt du nicht, daß die Hirten oft draußen im Freien schlafen und unter der Kälte leiden? Sieh dir Zio Elias an! Der ist jetzt Priester, der wäre vor Kälte gestorben, wenn er Hirt geblieben wäre. Nein, aus dir machen wir einen Doktor, keinen Hirten. Du hast da gar nicht mitzureden! Zio Farre ist da, der zeigt dir deinen Weg schon, und Zio Farre spaßt nicht, wenn du unartig bist.«

»Und was ist das?« fragte Berteddu, der gar nicht auf die Worte des Großvaters gehört hatte, und zeigte auf einen Baum.

Aber Elias hatte sie gehört, diese energischen Worte, und fühlte sich im Innersten getroffen.

Von diesem Tag an verfiel er immer mehr in eine krankhafte Eifersucht; vergeblich suchte er sie zu bezwingen, vergeblich dachte er: Jacu Farre wird Kinder haben, und dann vergißt er meins, vielleicht haßt er es sogar. Dann gehört Berte ganz mir, ich nehme ihn zu mir nach Hause, erziehe ihn zu einem guten Leben und mache ihn glücklich.

Nein, nein. Das waren alles Träume. Die Gegenwart verjagte sie, die Wirklichkeit war hart. Elias litt: es war ein ganz anderer Schmerz als alle, die er bis dahin empfunden hatte, doch nicht weniger tief. Er war wieder verzweifelt und wiederholte seine ewige Klage: Ich finde niemals Frieden, ich bin verdammt. Alles, was ich tue, ist falsch. Vielleicht war es auch falsch, daß ich nicht auf Maddalena gehört habe, vielleicht wollte Gott lieber, daß ich meine Sünde wiedergutmachte, anstatt Ihm ein unwürdiger Diener zu sein. Ach, Priester Porcheddu hatte recht: die Sünde ist ein Stein, den wir uns niemals vom Hals schaffen können, und ich bin verdammt dazu, diese Last des Schmerzes ewig zu tragen, weil ich so schwer gesündigt habe.

So rannen seine Tage weiter traurig und qualvoll dahin. Ach, das war nicht das ruhige und heilige Leben, von dem er geträumt hatte! Inzwischen erwartete man von einem Tag zum anderen, daß eine Pfarrstelle in den benachbarten Dörfern frei wurde, auf die Elias geschickt werden sollte; er wußte es und litt schon bei dem Gedanken an die Entfernung. Wenn er fort wäre, würde Farre Maddalena heiraten und sich ganz und gar des Kindes bemächtigen. Es war vorbei, alles war vorbei. Aber nein, nein, es war noch nicht alles vorbei. Nein, er fühlte, daß er in der Ferne beständig an seinen Sohn denken, sich vor Liebe, vor Sehnsucht, vor Eifersucht verzehren würde; vielleicht begann er wieder ein neues Leben voll Leidenschaft und

Schmerz, ganz verschieden von dem, das seine Pflicht ihm zu führen gebot.

Jeden Tag ging er nach Hause, und anders als früher versuchte er nun, sich mit dem Kind anzufreunden, brachte ihm Süßigkeiten, spielte mit ihm und verwöhnte es. Es war eine Schwäche, er wußte es wohl; es war sogar kleinlich, weil er es nicht aus väterlicher Liebe tat, sondern weil er verhindern wollte, daß Berte den Farre liebgewann; aber er konnte nicht anders.

Doch zu seinem Kummer sah er, daß Berte meist teilnahmslos, schläfrig und schweigsam blieb. Die Süßigkeiten aß er fast nie, die Spiele ermüdeten ihn schnell, und bei der kleinsten Veranlassung weinte er. Im übrigen war er mit allen so, und Elias, der merkte, daß der Kleine krank war, hielt es nicht mehr aus, ihn so zu sehen, ohne etwas für seine Genesung tun zu können.

Er ließ einen Arzt kommen, einen andern als den, den Farre gerufen hatte, und empfand eine traurige Genugtuung, als der neue Arzt erklärte, das Kind sei nicht blutarm, sondern leide an einer schleichenden Krankheit, und ein anderes Medikament verordnete.

»Siehst du?« sagte er zu Maddalena mit einem häßlichen Triumph in den Augen.

»Ich sehe es!« antwortete sie traurig, nur um den Zustand des Kindes besorgt.

Der neue Arzt und das neue Medikament verhinderten jedoch nicht, daß die verborgene Entzündung in den zarten Eingeweiden des Knaben bald offen zutage trat. Eines Tages fand Priester Elias den kleinen Berte auf dem Bett in der ebenerdigen Kammer liegen; das Kind hatte sehr hohes Fieber und phantasierte, die Augen irrten umher, das Gesicht glühte. Maddalena wachte bei ihm, fassungslos, verzweifelt, und Zia Annedda hatte schon auf ihre Heilmittel zurückgegriffen, die sicher sehr heilig, doch vollkommen unnütz waren.

Sie hatte eine besondere Reliquie, um das Fieber zu senken; diese legte sie nun auf den glühenden Körper des Kindes und sprach inbrünstig verschiedene Gebete zu Gott, dem Heiligen Geist, unserer Lieben Frau des Erbarmens, zur Madonna von Valverde, zur Madonna vom Berge, zur Madonna des Wunders, zu den Heiligen Seelen, dem heiligen Basilius, der heiligen Lucia, dem Heiligen Blut, den unschuldigen Kindlein: doch das Fieber nahm immer mehr zu.

Nun wurde der erste Arzt wieder gerufen; er erklärte, der Zustand des Kindes sei sehr bedenklich, aber nicht hoffnungslos, wenn nicht Typhus hinzutrete. Blaß stand Elias am Fenster und hörte zu. In diesem Moment sah er Farre den Fußweg heraufkommen, und unwillkürlich ballte er die Fäuste.

Da kommt er! dachte er. Er kommt nur, um meinen Schmerz zu vergrößern! Vielleicht stirbt das Kind, und ich kann nicht an sein Bett treten, ihm nicht die letzten Küsse geben, die letzte Pflege, während ihm das alles erlaubt ist. Da kommt er, da ist er schon! Ah, nun gehe ich fort, denn wenn er hier hereinkommt und sich dem Kind nähert, meinem sterbenden Kind, bin ich nicht mehr Herr meiner selbst.

Er ging wirklich mit dem Arzt zusammen fort. Im Hof trafen sie Farre, der sich schmerzlich ergriffen zeigte und nach dem Zustand des Kindes erkundigte.

»Dem Kleinen geht's schlecht, laß ihn nur in Ruhe mit seiner Mutter!« sagte Elias barsch.

Farre sah ihn ein wenig erstaunt an, antwortete aber nicht.

Der Arzt lud Elias zu einem Spaziergang die Landstraße

hinunter ein, und der junge Priester ging gerne mit, aber während der andere sprach, sah er in die Ferne, in den Talgrund, mit abwesendem Blick, wie in einen schmerzlichen Traum verloren. Er sah im Geist Farre am Bett des Kindes sitzen, daneben Maddalena, die sich traurig und bleich über den kleinen Kranken beugte, um zu sehen, ob sich sein Leiden verschlimmerte. Der fette Verlobte tröstete sie, dann streckte er die Hand aus, um den Kleinen zu streicheln, und sprach liebevoll zu ihm.

Unterdessen erzählte der Arzt fortwährend von einem dicken, rosigen Mädchen, das sie soeben beim Brunnen getroffen hatten.

»Sie soll die Geliebte von einem gewissen Soundso sein, dieses Mädchen. Was für Hüften! Aber gut gebaut ist sie eigentlich nicht. Ob es wohl wahr ist, daß sie die Geliebte von dem ist? Haben Sie was darüber gehört, Priester Elias?«

Elias blickte ihn wütend an. Wie konnte der Arzt ihm solche Fragen stellen, während sein Kind im Sterben lag und Farre den Vater spielte!

»Was sagen Sie mir da!« rief er aus. »Warum fragen Sie mich solche Dinge?«

»Aber das sind doch Dinge, über die man spricht. Sie leben doch auch in der Welt.«

Ja, ja! Er lebte auch in der Welt! Nur zu sehr lebte er noch darin. Wie wurde er doch gefoltert von Schmerz, von Zorn, von der Eifersucht!

Gegen Abend ging Elias wieder zu Maddalena. Er fand sie verzweifelt, denn der Zustand des Kindes verschlimmerte sich immer mehr. Sie war in der Küche, um etwas auf dem Herd zuzubereiten.

»Ist die Mutter dort?« fragte Elias und ging auf die Kammer zu, wo das Kind lag.

»Ja.«

Gern hätte er gefragt, ob auch Farre da sei, doch er konnte nicht. Er fühlte, daß er da war, an dem kleinen Bett saß; er hatte deutlich die fette Gestalt vor Augen, hörte den keuchenden Atem und empfand eine fast krankhafte Angst. Doch als er die Tür öffnete und Farre wirklich am Bett sitzen sah, den dicken Leib ein wenig vorgebeugt, schweigend, keuchend, war er so verblüfft und erschrocken, als wäre ihm plötzlich ein Geist erschienen.

Das Kind stirbt, und er sitzt dort und läßt mich nicht näher herankommen, läßt es mich nicht sehen, nicht streicheln! dachte er bitter. Tatsächlich ging er kaum bis zum Fußende des Bettes, und fast schüchtern betrachtete er den kleinen Kranken.

»Schlecht geht es ihm, schlecht«, sagte Farre schmerzlich, als spräche er zu sich selber.

Elias blieb einen Augenblick stehen, dann ging er wortlos fort. Er verbrachte eine schreckliche Nacht, und schon früh am andern Morgen war er wieder da. Als er den Fußweg überquerte, wiegte er sich in der Hoffnung, den Kranken auf dem Weg der Besserung zu sehen, und sein Gesicht leuchtete auf vor Hoffnung. Er trat ein, schritt schnell über den Hof in die Küche und stieß die Tür auf. Da erbleichte er. Farre war wieder da, er saß am Bettchen des Kindes, den dicken Leib vornübergebeugt, schweigend, keuchend.

Maddalena weinte. Kaum sah sie Elias, so kam sie ihm entgegen, trocknete die Tränen mit der Schürze und erzählte ihm schluchzend, daß das Kind im Sterben liege. Von oben bis unten sah Elias sie an, leichenblaß, finster; nicht einen Schritt tat er vorwärts, sprach kein Wort und ging kurz darauf hinaus. Seine Mutter folgte ihm in die Küche, dann in den Hof und fragte ihn zögernd: »Elias, mein Sohn, was hast du? Bist du auch krank?«

Er blieb am Tor stehen, drehte sich um, und bittere Worte gegen Farre und Maddalena, die dem Verlobten erlaubte, immer am Bett des kranken Kindes zu sitzen, traten ihm auf die Lippen; doch als er das kleine Gesicht seiner Mutter so bleich und kummervoll sah, murmelte er nur: »Nein, nein, ich fühle mich nicht krank«, und ging fort.

»Was hat er gesagt? Ich hab' nichts gehört«, sagte Zia Annedda zu sich selbst. »Ist er auch krank? Was hat er nur? Ach, mein heiliger Franziskus, steh uns bei!«

Von diesem Moment an war Elias wie besessen. In jedem freien Augenblick ging er – fast ohne es zu merken – nach Hause. Noch ehe er den Fußweg erreicht hatte, fühlte er, daß Farre an seinem Platz saß; dennoch hoffte er beharrlich, ihn nicht anzutreffen, und trat ein. Und die verhaßte Gestalt war da, immer war sie da.

Nach und nach verfiel er in eine Art Raserei. Er kam mit dem Wunsch, sich über das Kind zu beugen, es zu küssen, es mit eigenen Händen zu pflegen, ihm liebevolle Worte zuzuflüstern. Er glaubte, die Macht seiner Liebe müsse ausreichen, es zu heilen; doch er kam, und kaum hatte er Farre gesehen, so fühlte er sich wie gelähmt und wagte nicht einmal, die Hand auf die Stirn des kleinen Sterbenden zu legen, während er innerlich brüllte vor Schmerz und vor Wut.

Am Abend des siebten Tages von Bertes Krankheit kam Zia Annedda ihm weinend entgegen.

»Er wird die Nacht nicht überleben«, murmelte sie.

»Ist Farre noch da, Mutter?«

»Nein, er ist nicht da.«

Er stürzte in die Kammer, schob Maddalena, die still

neben dem Bett weinte, beiseite und beugte sich angstvoll über das Kind. Es lag im Sterben; das kleine, schon einmal so hübsche und runde Gesicht war fahl und ausgemergelt, das entsetzliche Leiden hatte seinen Stempel darauf gedrückt. Es war wie das Gesicht eines sterbenden Greises.

Elias wagte nicht, das Kind zu berühren oder zu küssen, er fühlte sich plötzlich wie erstarrt. Er hatte dieselbe Vision des Todes wie an der Leiche seines Bruders Pietro und merkte nun, daß es ihm bis zu diesem Augenblick unmöglich erschienen war, daß Berte sterben sollte. Aber er starb. Warum starb er? Wie starb er? Was war der Tod? Das Ende von allem, von jeder Leidenschaft? Warum haßte er dann Farre? Warum litt er?

Mein Sohn, mein kleiner Sohn, stöhnte er innerlich, du stirbst, und ich habe dich nicht geliebt, und anstatt dich zu lieben, dich zu hegen, dich dem Tod zu entreißen, habe ich mich in eitler Rachsucht, in eitler Eifersucht verzehrt... Und nun geht alles zu Ende, nun ist keine Zeit mehr, für nichts...

Ein heftiger Wunsch packte ihn, den Kleinen in seine Arme zu nehmen, ihn fortzutragen, ihn zu retten. Ihn retten? Wie? Er wußte nicht, wie, aber er meinte, es müsse genügen, die Arme auszubreiten, seinen Körper über den schwächlichen kleinen Körper des Kindes zu beugen, um den Tod fernzuhalten. In diesem Augenblick trat Farre ein und näherte sich langsam dem Bett. Elias hörte den schweren Schritt, den keuchenden Atem, und fast unwillkürlich entfernte er sich.

Farre nahm seinen Platz wieder ein. Und wieder fühlte Elias zwischen sich und der Seele seines sterbenden Kindes eine unüberwindliche Scheidewand. Er blieb hinten in der Kammer am Fenster stehen, und in seinen Augen blitzte ein dunkelgrüner Schimmer. Fiebernd dachte er: Warum ist er da? Warum hat er mich fortgedrängt? Verjagt, vertrieben hat er mich. Mit welchem Recht? Ist's mein Kind oder sein Kind? Es ist meins, meins, nicht seins! Jetzt gehe ich hin und ohrfeige ihn, diesen Fettwanst, ich jage ihn von dort weg. Ich muß dort sitzen, nicht er. Ich gehe hin, ich ohrfeige ihn, ich schlage ihn tot: sein Blut möchte ich trinken, weil ich ihn hasse, weil er mir alles genommen hat, alles, alles, alles; weil ich, wenn er da ist, soweit bin, daß ich den Tod meines Kindes wünsche.

Aber ein paar Minuten lang rührte er sich nicht von seinem Platz, dann ging er in die Küche und sagte zur Mutter: »Ich komme bald wieder«, und ging schnell fort.

Als er in seine Zelle trat, glaubte er aus einem Traum zu erwachen. Sein Leben, sein Stand, seine Pflichten wurden ihm wieder bewußt. Er kniete nieder und begann zu beten und Gott wegen seines Wahnsinns um Vergebung zu bitten.

Vergib mir, Herr, vergib mir um des ewigen Lebens willen, denn in diesem Leben bin ich der Vergebung nicht wert. Niemals komme ich zur Ruhe, ich bin verdammt zu leiden, aber jede Strafe ist noch zu klein für das, was ich begangen habe. Ja, ja, laß mich nur leiden, wie ich es verdient habe, aber gib mir die Kraft, meine Pflichten zu erfüllen, reiß mir jede eitle Leidenschaft aus dem Herzen. Ich meinerseits verspreche Dir, daß ich alles tun will, um mich zu bezwingen, und ob der Kleine am Leben bleibt oder nicht, ich will ihn sowenig wie möglich sehen. Gehört er denn mir? Nein. Ich darf nichts auf dieser Welt besitzen, weder Kinder noch Verwandte, weder Güter noch Leidenschaften. Ich muß allein sein, allein vor Dir, mein Gott, großer, barmherziger Gott.

Doch eine Stunde später brachte man ihm die Nachricht, daß er eiligst nach Hause kommen solle; und er lief, bleich, das Herz in Aufruhr. Es war Nacht, eine verschleierte, stille Herbstnacht. Der Mond schwamm langsam in einem zarten Dunst, umgeben von einem riesigen, blaßgoldenen Strahlenkranz; ein tiefes Schweigen, ein trauriger Friede, etwas Geheimnisvolles lag in der Luft.

Elias spürte, daß das Kind tot war; und als er in die Küche trat, sah er tatsächlich Maddalena am Herd sitzen und trostlos weinen, den Kopf zwischen die Hände gepreßt – wie eine Sklavin, der man alles genommen hat: Freiheit, Vaterland, Götter und Familie. Elias sah den gewaltigen Schmerz der Frau und dachte: In diesem Augenblick glaubt sie vielleicht, daß der Verlust des Kindes die Strafe ihres Fehltritts sei. Sie weiß noch nicht, daß sie aus diesem Schmerz geläutert hervorgehen und den Weg zum Guten finden wird. Die Wege des Herrn sind weit, sie sind unendlich. In diesen Gedanken blickte er in der halbdunklen Küche umher, und da er unter den wenigen Personen, die dort versammelt waren, Farre nicht entdeckte, dachte er voller Schmerz, daß dieser wieder drinnen, neben dem toten Kind sei.

Er ging hinein. Farre war nicht da. Nur Zia Annedda war dort, sehr bleich, aber ruhig; ohne zu weinen, ohne ein Geräusch zu machen, wusch sie den kleinen Toten und kleidete ihn an. Elias half ihr ein wenig dabei, nahm aus der Truhe die Strümpfchen und Schuhe und zog sie ihm an. Die kleinen, blutlosen, von der Krankheit abgemagerten Füße waren noch weich und warm.

So lange, bis der kleine Tote angekleidet und auf die Kissen gelegt wurde, solange Zia Annedda noch dort blieb, war Elias ruhig. Doch kaum war er allein, so fühlte er einen Schauder durch seinen ganzen Körper rinnen, Gesicht und Hände wurden ihm kalt, und er kniete nieder und verbarg sein Gesicht auf dem Leichentuch.

Endlich, endlich war er mit seinem Kind allein, niemand konnte es ihm mehr wegnehmen, niemand konnte sich mehr zwischen sie stellen. Und er spürte, wie sich über seine tiefe Betrübnis ein zarter Schleier des Friedens, beinahe der Freude senkte, ähnlich dem Dunstschleier dieser geheimnisvollen Herbstnacht –, denn seine Seele fand sich nun endlich allein, vom Schmerz geläutert, allein und frei von jeder menschlichen Leidenschaft, vor dem Herrn, der groß und barmherzig ist.

ANHANG

ZEITTAFEL

1871 Grazia Deledda wird am 27. September als viertes von sechs Kindern in der Kleinstadt Nuoro im Inneren Sardiniens geboren. Obwohl aus einer wohlhabenden Grundbesitzerfamilie stammend, besucht sie nur vier Jahre die Volksschule. Sie liest viel und wahllos, allerdings nur Romane und Gedichte. Früh von der »verborgenen Kraft« ihrer Berufung zur Schriftstellerin überzeugt, verabscheut sie alles anstudierte »Bücherwissen«. Ihre Bildung bleibt zeitlebens lückenhaft.

1888 In der Kinderzeitschrift ›Paradiso dei bambini‹ des Verlegers Edoardo Perino erscheint ihre erste Erzählung *Sulla montagna*. Mit der Veröffentlichung der Erzählungen *Sangue sardo* und *Remigia Helder* beginnt ihre Mitarbeit an Perinos Frauenjournal ›L'ultima moda‹.

1888–1889 Ihr erster Roman *Memorie di Fernanda* wird in ›L'ultima moda‹ als Fortsetzungsroman abgedruckt. Weitere Erzählungen und Skizzen machen sie auch in Literatenkreisen bekannt.

1890 Der Mailänder Verleger Trevisini publiziert das erste Buch von G. D.: *Nell'azzurro*, einfache, konventionell erzählte Kindergeschichten, deren lyrische Landschaftsbeschreibungen jedoch eine originelle Begabung erkennen lassen. Ihren Roman *Stella d'oriente*, der in der sardischen Tageszeitung ›L'avvenire‹ abgedruckt wird, firmiert sie mit dem Pseudonym Ilia di Saint-Ismael.

1891–1894 Regelmäßige Mitarbeit an verschiedenen Zeitschriften. Publikation eines Bandes von Romanen und Novellen. Angelo De Gubernatis, der Direktor der Zeitschrift ›Tradizioni popolari italiane‹, bittet G. D. um einen Beitrag zur sardischen Volkskultur, der anschließend auch als Buch erscheint: *Tradizioni popolari di Nuoro in Sardegna*. Als Motto steht über dem Essay ein Satz von Tolstoi, der auf die Lektüre russischer Autoren schließen läßt.

1895 Der neapolitanische Politiker und Essayist Ruggiero Bonghi schreibt ein lobendes Vorwort zu dem Familienroman *Anime oneste*, den der Verlag Cogliati in Mailand herausbringt.

1896 Bei Speirani in Turin erscheint der Roman *La via del male*, der ein großer Erfolg wird. Publikum und Kritik erkennen in der Autorin eine einfühlsame Interpretin sardischen Wesens. Der bekannte Lyriker und Literaturtheoretiker Luigi Capuana schreibt eine hymnische Kritik und rät G. D., den sardischen Themenkreis nie zu verlassen, weil nur sie in der Lage sei, die »charakteristischen Figuren« und die »grandiosen Landschaften« der Insel den Italienern näherzubringen.

1896–1899 Die Romane *Il tesoro, La giustizia, Il vecchio della montagna* sowie der Novellenband *L'ospite* und der Gedichtzyklus *Paesaggi sardi* verraten die vom Schreibzwang getriebene Autodidaktin, die in diesen Jahren Hugo, Dumas und Sue ebenso gelesen zu haben scheint wie Tolstoi, Dostojewski und den frühen D'Annunzio.

1899 Während eines Aufenthaltes bei Freunden in der sardischen Hafenstadt Cagliari lernt G. D. den Römer Palmiro Madesani kennen, einen Beamten aus dem Finanzministerium.

1900 Am 11. Januar Heirat mit Madesani. Im April Umzug nach Rom, wo G. D. fern aller mondänen und literarischen Zirkel ihre weiteren Lebensjahre als Schriftstellerin, Hausfrau und Mutter verbringt. In der Zeitschrift ›Nuova Antologia‹ erscheint zwischen August und Oktober ihr Roman *Elias Portolu*, eines ihrer bedeutendsten Werke. Die Geschichte einer blinden, zügellosen Leidenschaft ist psychologisch so überzeugend motiviert, daß der Literaturhistoriker Attilio Momigliano später in seinem Urteil unangefochten bleibt, es handle sich hier um das »moralisch vielleicht hervorragendste und stärkste Buch, das in Italien nach (Manzonis) *Die Verlobten* geschrieben worden sei«.

1904–1925 G. D. führt in der italienischen Hauptstadt ein zurückgezogenes Leben. 1908 nimmt sie am 1. italienischen Frauenkongreß teil. In ihrem reichen, mehr als fünfzig Titel umfassenden Werk bleibt sie weitgehend ihren sardischen Motiven treu, die sie nie im Sinne eines abbildenden Naturalismus verflacht. Bauern, Hirten, Banditen, Herren und Knechte sind keine Belegfiguren sozialer Konflikte, sondern zumeist elementar-archaische Gestalten, deren Schwanken zwischen Leidenschaft und Verzicht, Schuld und Sühne zeitlos exemplarischen Charakter hat. So z. B. in den Romanen *Cenere* (1904), der 1916 mit Eleonora Duse verfilmt wird, *L'edera* (1906), *Colombi e sparvieri* (1912), *Canne al vento* (1913), *Marianna Sirca* (1915) und *La madre* (1920).

1926 Zum zweiten Mal geht der Nobelpreis nach Italien.

G. D. erhält ihn nach Giosuè Carducci (1906) und vor Luigi Pirandello (1934), Salvatore Quasimodo (1959) und Eugenio Montale (1975). Das Vorwort, das D. H. Lawrence zur englischen Ausgabe von *La madre* schreibt, verstärkt den internationalen Ruf der Autorin.

1927–1936 Fast alle Bücher von G. D. erleben hohe Auflagen. Bei Treves in Mailand erscheinen die Romane *Annalena Bilsini* (1927), *Il paese del vento* (1931) und *La chiesa della solitudine* (1936).

1936 Wie Maria Concezione, die Protagonistin von *La chiesa della solitudine*, ihrem letzten noch zu Lebzeiten veröffentlichten Roman, stirbt auch G. D. nach langer Krankheit in Rom am 15. August an einem Tumor.

1937 Treves veröffentlicht den postumen autobiographischen Roman *Cosima, quasi Grazia*, in dem es von der Erzählerin heißt: »Alles erschien ihr außerordentlich ...«

NACHWORT

Grazia Deledda, die am 27. September 1871 in der Kleinstadt Nuoro auf Sardinien geborene Tochter eines Grundbesitzers, war zwanzig Jahre alt, als sie an einen Kritikerfreund schrieb, daß es ihr »großes Ziel« sei, »aus mir selbst heraus eine Literatur zu schaffen, die ganz und gar sardisch ist«. Mit dem Roman *Elias Portolu,* der hier unter dem Titel *Die Maske des Priesters* endlich wieder auf deutsch vorliegt, hat sie dieses Ziel erreicht. Von August bis Oktober des Jahres 1900 in der römischen Zeitschrift ›Nuova Antologia‹ in Fortsetzungen abgedruckt und 1903 als Buch erschienen, begründete die psychologisch so überzeugend motivierte Geschichte einer tragischen Liebesleidenschaft den Weltruhm dieser Autorin, die in Italien mindestens die gleiche Popularität genoß wie die beiden damaligen Erfolgsschriftstellerinnen Carolina Invernizio (1851–1916) und Matilde Serao (1856–1927). Deren Bestseller sind allerdings inzwischen weitgehend in Vergessenheit geraten, während das gesamte Werk der Deledda noch heute weltweit gelesen und gerade ins Russische übertragen wird.

Die schwedischen Juroren, die Grazia Deledda 1926 den Nobelpreis für Literatur zusprachen, erklärten hinreichend, was sie zu ihrer Entscheidung bewegt hatte: »In ihren Romanen bilden – mehr als bei den meisten anderen Autoren – Mensch und Natur eine Einheit. Obwohl ihre Gestalten so ganz anders sind als der uns vertraute Menschentypus, vermitteln sie doch den Eindruck, daß sie unbestreitbar real und wahr sind. Es sind keine Theater-Marionetten. Grazia Deledda versteht die Kunst, Realismus und Idealismus aufs allerbeste miteinander zu verbinden.« Sie selbst sah ihr »Ideal« darin, »den Namen meines Landes, das jenseits der melancholischen Meere in den zivilisierten Ländern so unbekannt und mißachtet ist, in ein helles Licht zu rücken«.

Dabei ist es keineswegs eine heile, sonnige mediterrane Welt, die sie in ihren über dreißig Romanen und fast zwanzig Bänden Erzählungen vorstellt. Die Fatalität von Gut und Böse ist bei ihr immer schon vorgegeben, wenn sie das urzeitlich statische Ambiente ihrer von den großen Kulturströmungen kaum gestreiften Insel zum Schauplatz elementarer Seelendramen macht. Angesichts einer übermächtigen Natur inmitten der archaischen Landschaft der Barbàgia Zentralsardiniens, wo Grazia Deledda die ersten drei Jahrzehnte ihres Lebens verbrachte, lassen sich ihre Gestalten vom Trieb ihrer Instinkte leiten, der als Liebe, Haß und Stolz an die Oberfläche drängt und dramatische Konflikte auslöst. Ohne überlegte Pose, ganz intuitiv und spontan fühlen und handeln diese einfachen Menschen – meist Viehhirten, Bauern, Knechte und Banditen –, die außer ihrem armseligen Dorf, den kargen Bergweiden *(tancas)* mit den Kork- und Steineichen nichts von der Welt gesehen haben.

Das italienische Festland und die Hauptstadt Rom, in die Grazia Deledda 1900 nach ihrer Heirat mit dem Staatsbeamten Palmiro Madesani zog und in der sie bis zu ihrem Krebstod am 15. August 1936 lebte, haben hingegen wenig Spuren in ihrem Werk hinterlassen. Der Bereich gesellschaftlicher Konventionen blieb ihr fremd, und wenn sie gelegentlich Bürger zu beschreiben suchte, gerieten sie zu blutlosen, geradezu schematisierten Figuren. Sie haben weder die natürliche erdgebundene Gelassenheit der ländlichen Sarden wie etwa der Knecht Efix, der Protagonist des Romans *Canne al vento (Schilf im Wind*, 1913), noch kennen sie die natürliche rebellische Unruhe der *Marianna Sirca* des gleichnamigen Romans (1915).

Vom »Bücherwissen«, das ihr fernere Welten hätte erschließen können, hielt die Autodidaktin nichts, die nur vier Jahre die Volksschule besucht hatte und in ihrem unvollendeten, nachgelassenen autobiographischen Roman *Cosima, quasi Grazia* (1937) bekannte: »Viel nachhaltiger waren die praktischen Lektionen, die ihr der bereitwillige Bruder verschaffte, indem er sie mit alten Hirten bekannt machte, die weit wunderbarere Geschichten erzählten als in den Büchern standen, und indem er sie in die charakteristischsten Dörfer der Gegend brachte, zu den ländlichen Festen und zu den verstreuten Schafställen auf den einsamen Weiden, die wie Nester in den waldigen Mulden des Gebirges versteckt waren.«

Wer Grazia Deledda liest, darf in der Tat keinen Kosmos kultureller Bezüge oder gar stilistische Raffinessen erwarten. Intuitiv fabulierend und naiv kombinierend, ohne Seitenblicke auf die literarischen Moden ihrer Epoche, beschränkte sie sich thematisch auf das Sardisch-Regionale, das für sie immer das Ursprüngliche schlechthin blieb, aus dem sie ihre ganze erzählerische Kraft bezog. Aufgewachsen unter Menschen, die noch das Geheimnis des Kreatürlichen spürten und es in fast magischen Vorstellungen bewahrten, schrieb sie im Bewußtsein einer geradezu mythischen Beziehung von Mensch und Natur. Dieses läßt sie höchst suggestive Landschaften zeichnen, die nicht nur dekorativer Rahmen, sondern Teil des Geschehens selbst sind, Teil auch einer Religiosität, die die Natur oftmals auf fast noch heidnische Weise einbezieht. Wie eine alte sardische Bäuerin am offenen Herdfeuer, so erzählte Grazia Deledda ihre Geschichten von Liebe und Schuld, voller Anteilnahme am Geschick ihrer Protagonisten, gleichsam als identifizierte sie sich mit ihnen. Diese spontane Erzählweise veranlaßte den Kritiker und Romancier Luigi Capuana 1896 zu einer begeisterten Rezension ihres Romans *La via del male (Der Weg des Bösen):* »Wenn der Leser das Buch geschlossen hat, bleibt in ihm die lebhafte Erinnerung an diese charakteristischen Figuren, diese grandiosen Landschaften zurück, und seine Eindrücke sind so stark, daß sie fast unvermittelt wirken und nicht wie aus zweiter Hand, nicht wie aus einem Kunstwerk...«

Gleiches ließe sich vor allem auch über *Die Maske des Priesters* sagen, den Roman der Deledda, den der Literaturhistoriker Attilio Momigliano als »das vielleicht moralischste Buch« bezeichnete, »das in Italien nach Manzonis *Die Verlobten*« geschrieben worden sei. So stark die moralische Komponente aber auch im gesamten Werk der sardischen Autorin hervortritt, so folgen doch ihre Geschichten von Schuld und versuchter Sühne niemals einem biblisch korrekten Kanon. Zwar ist auch in *Die Maske des Priesters* ihr Wertsystem christlich, aber ihr Bewußtsein vom menschlichen Geschick bleibt ein düsteres, tragisches, das an die klassische griechische Tragödie erinnert. Die blinde, ungezügelte Leidenschaft des jungen Hirten Elias Portolu für seine Schwägerin Maddalena wird in sparsam verhaltenen Worten ohne rhetorische Emphase keineswegs verdammt, sondern als dämonische Fügung eher entschuldigt und in geradezu schmerzlicher Teilnahme mitgelitten. Grazia Deledda läßt keinen Zweifel daran, daß sie letztlich das Recht auf Liebe billigt und die Gewalt der Gefühle nicht verurteilt, weil sie eine instinktive, elementare, dem Menschen angeborene ist. Sie weiß um die Unausweichlichkeit des Bösen, das für sie als Stigma des Fatums zur menschlichen Existenz gehört.

Im Gegensatz zu anderen männlichen Figuren der Grazia Deledda – etwa zu dem Banditen Simone Sole, dem Geliebten der *Marianna Sirca* – betritt Elias Portolu nicht mit naiv ungebärdigem Abenteuermut die Szene, sondern als ein schon Gezeichneter. Auf dem Festland hat er gerade eine Haftstrafe verbüßt; allerdings keineswegs, weil er aus freien Stücken den großen sardischen Banditen spielen wollte, sondern als ein Verführter, den »die schlechten Kameraden vom rechten Weg abgebracht« haben. Dafür hat ihn Gott, wie er meint, »vor der Zeit alt gemacht«. Inmitten seines vom Vater mit plumper Überheblichkeit (»wir sind Löwen«) zusammengehaltenen ländlichen Familienclans glaubt Elias, »ein neues Leben anfangen« zu können. »Dienen wie ein Knecht« und »immer gehorchen« will er. Kein junger, lebensvoller Mann von dreiundzwanzig Jahren spricht hier, sondern ein geradezu demütig Untergebener, der die Rolle der Unterwürfigkeit zu spielen gedenkt, wie sie in dieser patriarchalischen Gesellschaft allein den Frauen zukommt.

Tatsächlich wirkt der große, schlanke Elias mit seinem »weichen« und »zarten« Gesicht schon äußerlich »wie eine Frau in Männerkleidern«. Sein »müdes und gebrochenes Lachen« verrät einen schwachen Menschen, dem die Kraft fehlt, sich dem Leben zu stellen und der sich dessen durchaus auch selbst bewußt ist: »...ich bin gar kein Mann mehr, zu nichts in der Welt bin ich mehr nütze«. Dieser »ins Nichts, ins Leere« starrende Träumer mit den Augen »eines Toten« erwacht zu einem Scheinleben nur im Rausch, wenn er sich betrinkt. Wie ein Fieberrausch überkommt ihn auch die Liebe zu Maddalena, der Verlobten und späteren Frau seines fühllos robusten Bruders Pietro. Sehr bald gibt er den Widerstand gegen diese fatale Neigung auf, besitzt aber nicht den Mut, sich offen zu seiner Liebe zu bekennen, wie ihm der alte Hirt Martinu rät.

Mit dieser Gestalt hat Grazia Deledda eine ihrer ursprünglichsten großen Figuren geschaffen, einen Mann, den die Härte des Lebens gelehrt hat, daß der Mensch sich nur selbst zu retten vermag, indem er furchtlos und willensstark seinen innersten Neigungen folgt. Wie der Knecht Efix in *Schilf im Wind* und Elia, der greise Diener der *Cosima,* oder der alte Onkel Dionisio in *Annalena Bilsini* verkörpert Zio Martinu vorbiblische Weisheit, die sich mehr den natürlichen Bedürfnissen des Menschen als christlichen Moralvorstellungen verpflichtet zeigt. Er durchschaut sofort Elias' Absicht, Priester zu werden, als traumhafte Flucht: »Traum ist Traum, Wirklichkeit ist Wirklichkeit.« Doch die Wirklichkeit seiner als sündhaft empfundenen und niemals vor der Welt zu offenbarenden Leidenschaft läßt sich für den labilen Elias nur hinter einer Maske leben und ertragen.

»Wenn er in der Welt lebte, wäre er verloren« – das begreift allein Zia Annedda, die Mutter des Elias Portolu, die in all ihrer Einfachheit weit tiefer sieht als ihre Söhne und deren Vater, dessen ganze Lebensphilosophie um den simpel selbstbestätigenden Satz kreist: »Männer sind wir...« Elias aber ist nur in seiner Triebbestimmtheit ein Mann. Statt eine Entscheidung zu fällen, die eines Mannes würdig wäre, nähert er sich Maddalena bei einem Maskenfest und versteckt sich schließlich – nachdem die Frau des Bruders ein Kind von ihm geboren hat – hinter der Maske des Priesters. Während Maddalena, die scheinbar so madonnenhafte junge Frau, sagen kann: »Ich fürchte niemanden«, ihren Schmerz verinnerlicht und dabei ganz sie selbst bleibt, flieht Elias »aus Angst vor sich selbst« (und nicht zuletzt auch vor der Gesellschaft) in die Rolle des Priesters. Nicht Berufung ist es, was ihn in das Seminar nach Nuoro treibt, sondern die Unfähigkeit, sich dem zu stellen, was er mit dem großen, rauschhaften Wort »Dämon« umschreibt. Nur mit Verachtung reagiert Zio Martinu auf diesen selbstverlogenen Zauberbegriff: »Was hast du nur immer mit dem Dämon! Wer ist der Dämon? Wir selbst sind der Dämon!«

»Ich glaube an nichts«, fügt der alte Hirte seinem nihilistischen Satz hinzu und rückt damit diesen Roman von 1901 aus dem Bereich sardisch-regionaler Psychodramatik auf die Ebene moderner Seinsproblematik, wie sie härter und deshalb auch unpoetischer als Grazia Deledda der Sizilianer Luigi Pirandello (der acht Jahre nach ihr den Nobelpreis für Literatur erhielt) in seinem Werk als Spiel »nackter Masken« vorstellte.

Pirandello entkleidete seine Figuren und nahm ihnen den Rahmen dessen, was ihnen noch hätte Welt sein können. Grazia Deledda hingegen schafft die Welt als natürliche, kreatürliche Umwelt nicht ab. Sie wird bei ihr vielmehr zum Spiegel und zum Echo der Träume und Schwingungen ihrer Protagonisten. In der »wilden Einsamkeit« und der »unendlichen Stille« der »mit Mohn, Thymian und Maßlieb bedeckten Wiesen« unterhalb des Orthobene, des Berges der Sarden, darf noch nachklingen, was erlitten ist. Sei's auf der Flucht des Mannes Elias vor dem Eigentlichen, sei's im schmerzbeständigen So-Sein der Frau Maddalena, die keiner Maske bedarf.

Ute Stempel

Lesen, was zu lesen lohnt: Winkler Weltliteratur

Dünndruckausgaben
Lieferbar in Leinen und Leder.

Johann Wolfgang von Goethe
Werke in sechs Bänden
Nach dem Text der Artemis-Gedenkausgabe der Werke Goethes. Neu herausgegeben, mit einem Essay zu jedem Band von Dieter Borchmeyer. Mit 48 Farbtafeln großer Meister, u. a. von Tischbein, Corinth, C. D. Friedrich. Die Ausgabe ist in Einzelbänden oder in einem farbigen Schmuckschuber lieferbar.

Heinrich Mann
Professor Unrat oder Das Ende eines Tyrannen
Die kleine Stadt
Romane. Mit Nachwort, Anmerkungen und Zeittafel von Helmut Scheuer.
664 Seiten.
Die sozialkritische Karikatur des wilhelminischen Professors, durch die Verfilmung Der blaue Engel weltberühmt geworden, und die Verherrlichung der Demokratie in Die kleine Stadt spiegeln meisterhaft die Gesinnung und literarische Kunstfertigkeit Heinrich Manns.

Elke Lasker-Schüler
Werke
Lyrik, Prosa, Dramatisches. Herausgegeben, mit Nachwort, Anmerkungen und Zeittafel von S. Bauschinger. 526 Seiten.

Frank Wedekind
Werke in zwei Bänden
– Band I: Gedichte und Lieder/Prosa/Frühlings-Erwachen und die Lulu-Dramen
– Band II: Der Marquis von Keith/Karl Hetmann/Musik/Die Zensur/Schloß Wetterstein/Franziska und andere Dramen
Herausgegeben, mit Nachwort in Band I und II. Anmerkungen und Zeittafel von E. Weidl.
Insgesamt 1664 Seiten, mit 12 Illustrationen von Alastair.

Henrik Ibsen
Dramen
Aus dem Norwegischen von Chr. Morgenstern. E. Klingenfeld, M. v. Borch u. a. Mit einem Nachwort von O. Oberholzer und C. Raspels. Revidierte Neuauflage in einem Band. 724 Seiten.

Nikolai Gogol
Die toten Seelen
Aus dem Russischen von F. Ottow. Neu herausgegeben von Barbara Conrad. Mit Nachwort, Anmerkungen, Literaturhinweisen und Zeittafel. 524 Seiten.

Giovanni Boccaccio
Das Dekameron
Aus dem Italienischen von K. Witte. Mit einem Nachwort, Zeittafel und Literaturhinweisen von W. Wehle sowie mit 10farbigen Miniaturen einer französischen Bilderhandschrift (ca. 1414).
888 Seiten.

Artemis & Winkler Verlag, München und Zürich

Artemis & Winkler